画狂老人卍

葛飾北斎の数奇なる日乗

白蔵盈太
SHIROKURA Eita

文芸社文庫

目次

登場人物

葛飾北斎　偏屈で常識を持ち合わせてはいないが天才。絵への探求心が人一倍の、江戸を代表する大絵師

お栄　変人遺伝子をしっかり受け継ぐ、離縁して戻って来た北斎の娘

常次郎　常識人で師匠とその娘にいつも振り回されている、北斎の弟子

魚屋北渓　何かと常次郎の面倒をみてくれる、北斎の一番弟子

渓斎英泉　美人画と春画で人気の絵師で、お栄に恋する優男

一．画狂老人と掃除

「アゴが、出戻ってくんだよ」

北斎（ほくさい）がそう言った時、常次郎（つねじろう）は師匠が何を言ったのかさっぱり分からず、「なんですかそれは？」と思わず聞き返してしまった。

「だーかーらー。アゴが、嫁ぎ先から出戻ってくるっつってんだよ」

「アゴ？」

「ああ。アゴだ。アゴが張ってて不細工だからアゴ」

例によって北斎の説明はさっぱり要領を得ない。しかも江戸っ子らしく短気だ。何度も聞き返すと怒鳴りつけられるので、常次郎は「はあ、そうですか」と適当に返事をしておいて、あとで一番弟子の北渓（ほっけい）さんが来た時に聞いてみることにした。

その日の夕方、ふらっと用もなく北斎の家にやってきた北渓さんは笑って、

「そりゃ、お栄（えい）ちゃんのことだよ」

と教えてくれた。

「お栄ちゃん？」

「ああ。先生の娘さんだ。たしか歳はまだ二十五、六くらいだったと思う」

「そんな若い娘さんのことを、アゴ呼ばわりしてるんですか先生は」

常次郎は絶句した。常次郎も入門してそろそろ一年、北斎の口の悪さにはいいかげん慣れっこになってはいるが、それにしてもいくら実の娘だからといって、若い女性に対して「アゴ」はないだろう。

「ああ。そうだよ。でも、お栄ちゃんもお栄ちゃんでたいしたタマだから、先生にそんな呼び方をされても、かけらも気にしちゃいない」

北渓さんは、ひどい言われようの北斎の娘に同情するでも心配するでもなく、ケラケラと笑い飛ばしながらこんなことを言うのだった。

「先生がもう何度も『オーイ、アゴ』『オーイ、アゴ』ってお栄ちゃんのことを呼びつけるもんだからさ、お栄ちゃんもウンザリして、これじゃあアタシの名前はお栄じゃなくてオーイじゃないかって言って、当てつけに自分の号を『応為（おうい）』にしたんだよ。ありゃ傑作だった」

なんだか、一緒になって笑ってしまっていいものか微妙な話だ。それに気になるのは「自分の号」という言葉だ。

「その方は、絵を描かれるんですか？」

「描くなんてもんじゃねえ。父親ゆずりの、とんでもねえ腕前だよ。あの偏屈な先生が、美人画に関しては俺もお栄にはかなわねえって褒めてたぐれえだからな」

「え？　先生が人の絵を褒めることなんてあるんですか？」

大絵師・葛飾北斎に入門してこのかた、絵に描いたような偏屈爺さんである北斎が他人の絵を褒めているのを常次郎はついぞ見たことがない。お栄という名の北斎の娘は、よほどの腕前に違いなかった。

「先生にはお子さんが六人いるんだが、間違いなくお栄ちゃんが一番父親似だな。嫁ぐ前はよく先生の絵を手伝っていたし、お栄ちゃんが描いた絵に北斎の落款を押して出すなんてこともざらだった。あのお栄ちゃんが出戻ってくるなんて、常次郎、よかったじゃねえか」

嫁に行った娘が出戻ってくるとは、ずいぶんと穏やかではない話だ。それなのに北渓さんの表情は、なんだかうれしそうだった。

「何がよかったんですか？」

「お栄ちゃんの絵はすげえぞ。筆さばきを見てるだけでも、きっと勉強になる」

一番弟子の北渓さんにそこまで言わせるとは、お栄というのは一体どんな凄腕の女性なのだろう。常次郎は俄然興味が湧いてきた。ただ、北渓さんが思わせぶりな表情でニヤニヤと笑いながらこう言ったのが、常次郎は少しだけ気がかりだった。

「しかしまあ、嫁いで四年か。思ったより長持ちしたもんだな」

翌日、常次郎が北斎の家に顔を出した時には、まだお栄は来ていなかった。常次郎はいつものように、床に散乱している竹串だの、握り飯を包んでいた竹の皮だの、北斎が無造作に食べ散らかしたごみを急いで拾い集めて外に捨てる。

今は師匠が席を外している。こういう隙を逃すともう片付けはできないので、常次郎も必死だ。本当に、自分は一体なんのためにこんな不毛な努力をしているんだろうかと、彼はときどき馬鹿馬鹿しくなる。

北斎の家はいつも、まるで鼠の巣のように汚い。

彼がいつも絵を描いている文机の周囲には、描き散らかした紙が乱雑に積み重ねられている。描いていくそばから何も考えずに床に放置し、視界に入らなくなると存在そのものを忘れてしまうので、もはや、この層をなす紙の山のどれが下描きでどれが完成品なのかもよく分からない。そして、そんな散らかった紙屑のせいでほとんど見えない床のあちこちには、使いかけの岩絵の具だの、べとべとの膠（にかわ）を溶いた小皿だのが無造作に放置されているのだ。だから歩く時はすり足で慎重に歩を進めないと、うっかり踏んで絵の具や膠が足に貼り付いて酷い目に遭う羽目になる。

僕は一体、ここで何をやっているのだろうと常次郎はため息をついた。天下一の絵師・葛飾北斎に絵を習うために自分はここに来たのではなかったか。

それなのに常次郎の記憶に残っているのは、北斎の親身な指導のもとで一心不乱に画業研鑽（けんさん）に励む自分などではなく、ありえないほどに散らかった部屋と、それを延々と片付けている自分の姿だけだ。

常次郎が大急ぎで足の踏み場もない汚部屋を片付けていると、そこに北斎がひょっこり戻ってきて、いきなり大声で常次郎を叱りつけた。

「あっ！　てめえまた、要らねえことしやがってこの野郎！
そんなことしたら、どこに何が置いてあるか分かんなくなるから、そのままにしとけって言ってんのに。何度言えば分かるんだ！」

入門してそろそろ一年、このことで毎日叱られ続けている常次郎も負けてはいない。

「何言ってるんですか先生！　僕がこうして毎日、頼まれてもいないのに部屋を片付けてあげてるから、かろうじてここは人間の住まいになってるんでしょうが。

僕がいなかったら先生なんて、ごみの山に埋もれてとっくに死んでるんですから、逆に感謝してほしいもんですよ！　わざわざ片付けをしてあげてるのに、なんで毎回僕は怒られなきゃいけないんですか」

「いいんだよ、ごみでいっぱいになったら家に火を放て。それで一発だ」

この常識に欠けた師匠は、当たり前のようにそんな無茶苦茶なことを言う。

北斎の錦絵に感動して常次郎が北斎に弟子入りした時には、まさかあの美しい花鳥画の数々が、こんなきったねえ部屋で、こんなだらしない人の筆先から生まれているなどとは思いもしなかった。

常軌を逸した部屋の汚さもそうだが、北斎は身だしなみも酷いもので、くたびれた安物の紺縞（こんじま）の着物を、もう何年も洗い張りもせず着続けている。この薄汚い爺さんを見て、この人が年に何百両も稼いでいる江戸一番の浮世絵師だと気付く者は、まずいないだろう。

今となっては「先生の錦絵を初めて見た時のあの感動を返せ」と常次郎は思う。でも、その時に受けた鮮烈な衝撃をどうしても忘れることができず、それで彼は今日も、絵の稽古よりも先にまず、師匠が散らかした部屋の片付けに精を出している。

「だいたいなぁ、俺はこう乱雑に散らかしてるように見えて、どこに何があるかはちゃんと全部頭の中に入ってんだよ。それなのに、てめえが余計なことして場所を動かすもんだから、どこに何があったか分からなくなるんだ。あと、てめえ必要な物まで勝手に捨ててるだろ」

よく言うよ、と常次郎は思う。

北斎は、さも常次郎が毎日部屋中をすみずみまで片付けているかのように文句を言う。だが、見つかるとこっぴどく叱られるので、実際のところ常次郎は部屋のごく限られた範囲だけしか片付けができていないのだ。捨てているのも、握り飯を包んでいた竹の皮だとか、明らかにごみだと分かる物だけだ。

それなのに北斎はしょっちゅう、あれがなくなった、あれはどこに行った、と言っては大騒ぎで物を探し回っているのである。そして「常次郎が余計なことをするせいで、また物が見つからなくなった」とすべてを弟子の片付けのせいにしてくる。

だが常次郎に言わせれば、これだけ足の踏み場もないほどに部屋を散らかして、しかも一度動かしたものは二度と同じ場所に戻すことがないような人間の部屋で、物がなくならないほうがおかしいのである。

まあでも、娘さんが出戻って先生と同居してくれるのなら、この手のつけられない汚部屋も少しはマシになるはず――常次郎はそう期待して、まだ見ぬ北斎の娘を心待ちにしていた。

お栄がやってきたのは、その翌日のことだった。

常次郎がいつものように絵の稽古――というか部屋の片付けをやりに北斎の家にやってくると、玄関の脇に置かれた縁台に、若い女性がちょこんと腰を下ろしていた。

あれが、お栄さん――

北斎は彼女のことを、アゴが張っていて不細工だからといって「アゴ」などとさんざんな呼び名で呼んでいるが、常次郎の目からすれば決してそんなことはなかった。たしかに、下唇が少し分厚く、口をへの字にぎゅっと結ぶ癖があるせいで、必要以上にアゴの輪郭がしっかりしているような印象はある。

だが、北斎から彼女のアゴのことを事前にさんざん聞かされていたせいで、常次郎としては逆に拍子抜けなくらいだった。北斎は彼女のことを不細工だと言い張るが、端正な顔立ちとは決して言えないまでも、むしろ好みによっては彼女の少々癖のある風貌を美人だと評する人もいるのではないか。

それよりも、常次郎が気になったのは彼女がやけに猫背なことと、目つきがやたらと鋭いことだ。つり上がった眉と切れ長の鋭い目が、への字の口と相まって容易に他人を寄せつけない偏屈な印象を彼女に与えている。

お栄は普通に常次郎のほうを振り向いただけなのだろうが、まるで夜道で野良猫にギロリと睨みつけられたような気がして、常次郎は縮み上がった。

師匠の娘さんである。くれぐれも粗相があってはならない。そう身構えて固まってしまった常次郎だったが、お栄のほうから声をかけてくれた。鋭い目つきに反して、思いのほかその声は親しげで優しそうだ。

「あんた、おとっつぁんの新しい弟子の常次郎かい？」

「は……はい。露木常次郎と申します。よろしくお願いします。あなたはお栄さんですね」

「ああ、そうだよ。よろしくな」

そう言ってニコッと相好を崩した途端、取っつきにくそうだったお栄の風貌が急に柔らかな印象に変わった。思ったよりも話しやすそうな人だと、常次郎は内心ホッとした。

「アンタ、まだ前髪あるけど歳はいくつだい？」

「十四です」

「へえ。それじゃあそろそろ大人だねぇ」

そう言ったお栄が、何やら値踏みをするように全身をジロジロと見つめてくるので、常次郎はなんだか気恥ずかしくなった。

「……なるほどね。で、ここへ来て何年？」

「もうそろそろ一年になります」

お栄が一番父親似だなんて北渓さんが脅すもんだから、きっと北斎に似て癖の強い、愛想の悪い女性なんだろうなと常次郎は覚悟していた。だが、たしかに見た目は少し人を寄せ付けない感じがあるが、話してみたら全然そんなことはない。

お栄の中からあえて父親似の部分を探すとしたら、くたびれてヘロヘロになった着物と、崩れかかった髪型だろうか。妙齢の女性で、ここまで身だしなみに無頓着な人はそうそういないだろう。

お栄は機嫌よさげに微笑みながら、常次郎に尋ねた。

「しかしまあ、常次郎はなんでまた、こんなどうしようもないところに弟子入りなんかしちまったんだえ？」

「は？」

「歌川豊国（うたがわとよくに）んとこ行きゃあ、あそこは繁盛していて兄弟子もたくさんいるから、もっと手取り足取り丁寧に描き方を教えてもらえんだろうに。うちのおとっつぁん、はなっから何も教える気ねえだろ？」

お栄はそう言ってニコニコと屈託なく笑う。

「はあ……まあ……それはそうですね……」

それ、初対面の新弟子に言うこと？

常次郎は少々面食らった。だいたい、自分はここで一番の下っ端なのだ。そんな危険な質問をされたところで、まともに答えられるわけがない。

「うちの一門は、師匠も師匠なら弟子も弟子だよな。弟子ってもんは普通、たとえ一人前になって自分の工房を構えてもさ、若いうちは少なくとも月に十回は師匠のとこに顔を出して、交替で後進の指導を買って出るのが当然の義理ってもんだろ。

なのに、ウチの門人どもときたら薄情者揃いで、そこそこ上手く描けるようになったらすぐにパッといなくなっちまって、そこから先は我関せずだ。これじゃあ新弟子のアンタが気の毒だよ、まったく。だいたい、この家に来た若い弟子がアンタの面倒を見てくれたこと、今までに何回あるかい？」

正直言うと数回もない。いつも暇そうにブラブラしている、四十五を過ぎたおじさんである北渓さんが一番面倒見がいいので、結果的に常次郎は一番弟子の北渓さんから絵描きの基本のほとんどを習っていた。

「本当に、こんな生ぬるい一門、聞いたことないよ。こんなんでお互いに師匠と弟子だと思ってんだからさ。ちゃんちゃらおかしいわ」

自分の父親のことを、ここまであっけらかんとボロクソに言う娘も珍しい。だが、父親は父親で娘のことを「アゴ」などと呼んでいるくらいなのだから、お互いさまなのかもしれない。

それに、口は悪いがお栄の言うことは一理ある。葛飾北斎の一門はまるで弟子を育てる気がないのだ。まずもって親分の北斎が、自分が絵を描いていれば幸せ、それ以外のことは無駄だから一切やりたくないという身勝手きわまりない人間なので、はなから人にものを教える気がさらさらない。

せっかく新弟子が来ても、指導といえば自分が描いた絵手本を渡して「写してみろ」と言うだけだ。写し終わった絵を弟子が見せても、上手いとも下手とも言わず「次」と言ってまた別の絵手本を渡す。

普通の一門のように、若い門下生が兄弟子として新弟子に張り付いて、師匠の代わりに絵描きの基本を手取り足取り教えてやるなんてこともない。仕方なく常次郎はこの一年、北斎の作業の様子を眺めて、見よう見まねで勝手に技術を学び取るしかなかった。

かたや歌川豊国の一門は、広大な屋敷の中に立派な工房を構えて、独立後の弟子たちもほとんどが一つ屋根の下で一緒になって作業をしている。彼らの結束の強さと比べたら、葛飾北斎の一門など、まさに絵に描いたような烏合の衆だろう。

「まったくねえ。おとっつぁんの絵に憧れてやってくる入門者は多いんだからさ、きちんと描き方を教えれば大きな教室になって、豊国のところみたいに庭つきの豪邸も建てられるはずなのにな。

それでさ、見込みのある門人を工房に引き込んで、どんどん代筆させりゃいいんだよ。どうせ豊国だってそうしてんだ。そうすりゃわざわざ自分が描かなくとも、工房からの上がりだけで商売繁盛、左うちわで悠々と暮らせるってのに。本当に馬鹿者だよ、うちのおとっつぁんは」

物腰は柔らかいけど、案外ずけずけとものを言う人だ、と常次郎は理解した。

最初は単なる温和で感じのいい人だと思ったが、さっきから返事に困るような話ばかりで、聞いているこっちが緊張してしまう。

「ま、でも一年も愛想つかさねえでこんなとこに通ってんだから、常次郎はたいしたもんだよ。普通の奴なら大抵、半月もしたら嫌になって辞めちまうからな。せいぜいこれからもよろしくな」

そう言ってお栄は目尻を下げて笑った。普段の眼光が人一倍鋭いせいか、笑うとやけに親しみやすい印象になる。常次郎はわけもなく胸が高鳴り、頬が少しだけ赤くなった。するとお栄は黙って袂（たもと）から煙管（きせる）を取り出し、煙草を詰めはじめた。

……え？　この人、煙草吸うの？

常次郎は少しだけ幻滅した。たしかに商家や農家の女で煙草を吸う者もいるが、煙草を吸う女といえば、誰もが真っ先に思い浮かべるのは吉原の女郎だ。一般女性としてはあまり人聞きのよいものではない。

だが、お栄の態度は堂々たるもので、カンカンと煙草盆を叩いて吸い殻を落とす手慣れた仕草を見れば、彼女がもう何年も煙草を吸い続けていることはすぐに分かる。

煙草といい、だらしない着物や髪型といい、およそ他人の目を気にするような女性ではないんだなと常次郎は思った。そういうところはたしかに師匠そっくりだ。

その時、部屋の奥から北斎がお栄を呼びつける怒鳴り声が聞こえてきた。

「オーイ、アゴ！　ちょっとこっち来て、牡丹の絵を手伝え！」

アゴなどという名前で呼ばれても、お栄は全く頓着する様子もなく「あいよー」と気風（きっぷ）よく答えて部屋の中に入っていった。常次郎もあとを追って部屋に入る。

足の踏み場もない汚部屋の片隅に、使い込まれた一つの文机がある。師匠の北斎が絵を描く机である。部屋の反対側に、もう一つ文机が増えていた。それがお栄の机であるようだった。門下生の常次郎に机はない。足の踏み場もない汚部屋に、これ以上文机を置けるような余裕はないので、彼は土間の脇の板張りの床の上に紙を広げて、正月の書き初めのように地面に這いつくばって描くのである。

常次郎は、お栄が一体どんな絵を描くのか、内心わくわくしながら眺めていた。師匠の一番弟子で、「魚屋北渓（ととやほっけい）」の名で人気絵師となっているあの北渓さんが、「筆さばきを見てるだけでも、きっと勉強になる」とまで言う女性だ。しかも美人画を描かせたら北斎以上だなんて、そんな信じられないような凄腕の絵師が実在するのかという好奇心もあった。

あまりじっと見つめるのも感じが悪いかなと思い、常次郎は自分も絵を描く準備をしながら、チラチラとお栄のほうに目をやった。

お栄は懐から白襷（しろだすき）を取り出して片側の端を軽くくわえ、きゅっきゅっと小気味いい仕草で手際よく襷がけをした。露わになった細く白い腕を見て、常次郎はほんの少しだけドキリとした。さらにお栄は、慣れた手つきで水色の頭巾を頭に巻く。

これでホウキを持てば、まさにこれから大掃除をする人の姿そのものだが、お栄はそのまま文机の前に静かに正座した。そして筆架から小筆を取る。

筆を手にした途端、先ほど縁台で煙草をふかしていた時のお栄のくつろいだ印象が一変した。彼女の眉はキッと凛々しく跳ね上がり、ただでさえ煌々と輝いている釣り目ぎみの目が、よりいっそう鋭い光を放ち始める。

ささっ、しゃっしゃっ。

走らせる筆に迷いがない。

まるで、お栄の目にはもう紙の上に完成した牡丹の絵が浮かび上がっていて、単にそれをなぞっているだけなのではないかと思ってしまうほど、その筆さばきは確信に満ちていた。

みるみるうちに、風にそよぐ牡丹の下絵が描き上がった。北斎が描く美人画の背景に使う絵なのだが、背景などにしておくにはもったいないと常次郎は思った。

「んー。おとっつぁん。どう思う?」

「あー?」

「いまいちだろ、これ」

「ああ。ダメだな。こことここの花びらがおかしい。本物はこうは動かねえよ」

「あー、なるほどな」

「あと、茎もうちょっと、たわませてみぃ。もう少し風は強いほうが面白い」

お栄から下絵を受け取った北斎が、牡丹の花びらの何枚かにささっと輪郭線を描き足した。常次郎の目からすると、元の絵のどこが不自然で、どう直したのかもよく分からない微妙な修正だったが、改めて遠目で見てみるとたしかに、北斎が加えた修正によって、風にそよぐ牡丹の躍動感がなんとなく高まったようにも見える。

「じゃあ、おとっつぁんの美人のほうも風吹かすかい」

「ああ。そのほうが面白くなるな」

今度はお栄が北斎の文机を無遠慮にのぞき込んで、北斎が描いた美人画の下絵を見てぶっきらぼうに言った。

「おとっつぁん、ここの手は、もうちょっとしならせたほうが色気があっていいよ」

「お」

「ほんで、どうせ強めに風を吹かすなら、ここの裾をもっとばたつかせて、足をもう少したくさん見せたほうがいい」

「お」

およそ他人の言うことなど聞いたためしのない北斎が、お栄の遠慮のない指摘に何も言わず素直に耳を傾けている。常次郎は驚愕した。こんなおとなしい師匠の姿を、彼は今まで一度も見たことがない。

「こんな感じ」

そう言ってお栄は手を伸ばし、北斎の下絵に勝手に線を描き足した。常次郎がそんなことをやったら、きっとその場で絵の具皿を投げつけられて家から叩き出されるだろう。だが北斎は何も言わず、ふん、ふんと何度も頷いてその修正箇所をじっと見つめている。

お栄がほんの少し修正を加えたことで、今度は常次郎の目でもはっきりと分かるくらい、その美人画の出来栄えは見違えるほどよくなった。

北斎が描いた美人は、なよなよとした手つきで胸元に閉じた扇を当てているのだが、お栄がその手を一ひねりするようにくねらせたことで、美人のたおやかな美しさが格段に強調されたように思えた。風にあおられた裾がさっきよりも乱れ、足首から上がほんの少しだけ多く見えるようになったが、たったそれだけで、色気がぐっと匂い立つように高まったような気がする。

「じゃあ、よろしく」

父娘の会話は、とても短い。

無駄口を一切はさまず、必要なことだけを言い合うと、お互いに無言で文机に戻った。そしてまた黙々と絵を描きはじめる。

常次郎は、会話を終えた二人が机に向かって黙々と筆を走らせはじめたあとも、しばらく呆然としてその場から動けなかった。すぐ隣で二人の会話を聞いていただけだったのに、あまりの緊張感で息が止まるかと思った。何もしていないのに、げっそりと疲れ果てている自分自身に気付いた。

常次郎は土間の脇に戻り、描きかけの自分の絵を仕上げようと思った。

だが、二人の会話を聞いてしまったあとで自分の絵を改めて眺めてみると、今までちっとも気にならなかった自分の絵の稚拙さが、途端に目につくようになった。

ここは面白くない、あそこは不自然。一から十まで直したいところばかりで、それならばいっそ、この絵を捨てて一から描き直したほうがいいんじゃないかとも思う。だが、それをやると師匠にこっぴどく叱られるから、常次郎は仕方なく、我慢して自分の未熟な絵に立ち向かうことにした。

筆の使い方や描画の技術などは一切教えてくれないくせに、なぜか北斎は、ある一つのことだけは、非常に厳しく常次郎に指導するのだ。

「描きかけの絵を途中でやめるな。絶対に最後まで仕上げて人に見せろ」

　この一年、弟子である常次郎がはっきりと北斎から教わったことといえば、この一点だけかもしれない。北斎は口を酸っぱくして常次郎に何度もこう言う。

「途中で放り投げる癖を一度でもつけちまったら、そいつはもうダメだ。

　下手な絵は下手でいいんだ。下手なりに完成させて、ほかの人から『下手だなあ』と笑われて、自分でも『下手だなあ』と落ち込んで、どこがまずいのかなぁと必死で考え抜いて、それでやっと、次はほんの少しだけいい絵が描けるようになる。

　それをやらねえで、やれ『じっくり腰を据えて気が済むまで取り組みてえ』だの、やれ『もう少し寝かせて完璧なものになるまで練りあげたい』だの、つべこべ言い訳しやがる馬鹿野郎ばっかりなんだよ。

　そうやって、グジグジ言っていつまでも完成させねえで、しかも完成したのに恥ずかしいだの何だの言ってろくに人に見せもしねえ奴の絵が、上手くなるわけがねえってんだよ。小賢しいったらありゃしない」

　それで常次郎は、あまりにも情けない自分の絵を嫌々ながら最後まで仕上げている。仕上げの着彩を施している間にも、あぁここを直してえなぁ、ここはこうすりゃもっとよくなるなぁ、早くこいつを仕上げて、次はこう工夫して描こう、という考えが止めどなく湧いてくる。

早く描きたい。描きたい。ちくしょう、悔しい――

その時、常次郎はふと気付いたのだった。

ああ、そういえば先生のところに通うようになってから、絵が楽しい。

北斎の元では、何も教えてもらえない。

その代わり、北斎の元にいるとなぜか無性に絵を描きたくなるのだ。今年で六十八にもなるのに、この師匠は飽きもせず一日中何かを見つめては、それがごく当たり前のことであるかのように、ずっと絵を描いている。

そんな姿をすぐ横で見ていると、まるで絵を描かない人間のほうがどうかしているのではないかという、あべこべな気分になってくる。それで常次郎も、気が付けば北斎の横で日がな一日、食事も忘れて絵を描いている。

何も教えてはくれないが、描き方で困った時には、すぐ隣で絵筆を走らせている師匠のほうをぼんやりと半刻ほど眺めていたらいい。その筆運びや色の選び方を見ているだけで、その中に「ああ、こうすればうまくいくかもしれない」という面白い着想の手がかりがいくつも転がっている。

それで実際、入門当初と比べたら常次郎の絵は格段に上達しているのだ。

北斎自身は、常次郎に絵手本を渡して「写してみろ」と命じる以外は、指導などひとつもやっていない。それなのに常次郎は北斎の発する熱気に当てられるように、勝手に考えて、勝手に工夫して、勝手に上手くなっていった。その様子はまるで、磁力を持たないただの鉄釘が、北斎という強力な磁石のそばにいる時だけ、自らも強力な磁力を帯びるかのようだった。


北斎とお栄と常次郎が一心不乱に絵を描いていると、暮れ六つの鐘が鳴った。薄紫がかった空の色が徐々に暗くなり、傾いた日が紙の上に長い影を落としている。周囲の家ではそろそろ夕餉(ゆうげ)の支度が始まり、竈(かまど)で火を焚くパチパチという音がして、みそ汁の香ばしい匂いが漂いはじめる頃だ。

――夕飯、作らないのかな。

常次郎は不思議に思った。お栄はさっきから黙々と絵筆を走らせていて、夕飯の支度を始めようとする気配もない。このままでは日が暮れて炊事の作業もままならなくなる。常次郎はお栄が「ああ、絵に夢中でうっかり夕餉を作るの忘れちゃってたわ、今から急いで支度するね」なんて殊勝なことを言ってくれると期待していたが、どうやらその可能性はなさそうだった。

たまらず常次郎が北斎に声をかけた。

「先生、食事はどうされますか？」

「あ？　買ってこいよ」

なんで当たり前のことを聞くんだ、とでも言わんばかりに北斎がぶっきらぼうに答えた。その間も目線は紙の上にあり、常次郎のほうを一瞥もしない。

「え……？　は、はい。そうですか」

それは、お栄さんのぶんも買ってこいという意味ですよね？　と聞き返そうとしたが、なんとなく叱られそうなので常次郎は黙っていた。

お栄はお栄で、やっぱり当たり前のように夢中で絵を描き続けている。そこに、初対面だった朝に見せたような感じのよさは微塵もない。絵筆を持った途端、人が変わったように他人のことに目が行かなくなり、絵に没入してしまうらしかった。そんなところは父親によく似ている。

北斎は二年前に妻が体調を崩して以来、ついぞ自分で食事など作ったことがない。毎食毎食、門人に隣の居酒屋から食べ物を買ってこさせている。こんな乱れた暮らしぶりと汚い部屋では治る病も治らなくなると、呆れた妻の親戚は早々に妻の身柄を引き取り、実家で療養させているという体たらくだ。

北斎は食べる時間もでたらめで、腹が減れば早朝だろうが深夜だろうが居酒屋を叩き起こして何かを用意させ、逆に腹が減らなければ朝餉や夕餉の時間になっても平気で食事を抜いた。

そんな調子だから、家には自分用の箸が一膳と湯呑みが一つあるだけで、飯椀すら持っていない。食べ終わったあとの食器も一切片付けず床にほったらかしなので、それを常次郎が集めて居酒屋に返しに行くか、すっかり慣れっこになった居酒屋のほうが、何も言わなくても勝手に引き取りに来た。


常次郎は、そんな自堕落で不健康な師匠の食生活も、娘のお栄が戻ってくればきっと改善するだろうと期待していた。

すっかり蜘蛛の巣がかかっている北斎の家の竈に火が入り、お栄がきちんと食事を作ってくれるようになれば、北斎もまさか娘の作った食事を食べないとは言うまい。自分がさんざん苦労してきた部屋の片付けも、これからはきっとお栄が全部やってくれるはずだ。

朝晩の規則正しい食事と、整頓された美しい部屋。そんな立派な暮らしこそ、自分がほれ込んで押しかけるように門人になった天下一の絵師、葛飾北斎にふさわしい。

しかし、そんな常次郎の淡い期待は初日から打ち砕かれた。常次郎は仕方なく隣の居酒屋に行き、三人分の白飯をおひつに入れてもらい、魚の干物の焼いたものをおかずに三枚買って帰った。もはや勝手知ったる居酒屋は、上得意客の北斎のために気を利かせて、土瓶に茶をたっぷり入れて常次郎に持たせてくれる。常次郎はそれを持ち帰り、散乱したごみをどかして畳の上に直に並べると二人に声をかけた。

せっかく食事の準備をしてあげても、北斎が礼のひとつも言わないのはいつものことだ。ごく当然のことのように「おう」とだけ答えて筆を止めると、美味くもなさそうに黙々と食べる。食べている間も明らかに心はここに在らずで、機械的に口を動かしながら頭では絵のことを考えているのが丸分かりだ。

わざわざ食事を買いに行ってやっている常次郎としては腹立たしい限りだが、文句を言ったところで北斎は蛙の面に水なので、いいかげん常次郎も怒るのに疲れてしまった。

この師匠は興味のすべてが絵のほうに吸い取られてしまっていて、食事は腹がふくれて飢え死にしなければ十分という程度にしか思っていないのだ。最近の常次郎はもう、この人には最初から何も期待しないようにしている。

だが、六十八の偏屈な老人で、自分の師匠でもある北斎はそれでもいいとして、お栄はどうなのか。

お栄の食事に対する態度は父親そっくりだった。

常次郎が用意してくれた食事を見てもうわの空で、やっぱり礼のひとつも言わない。よく分からないが都合よくそこに食事が置いてあるので、せっかくだから食べてやるか、とでも言わんばかりの横柄な態度で、ごく当然のように常次郎が買ってきた食事に手を伸ばした。そして父と同様に、たいして美味そうな顔もせず、ただ腹をふくらせるためだけに黙々と口に運んでいる。

にゅっと、お栄の白い腕が常次郎の目の前に伸びてきた。湯呑みを握っている。

「茶」

さすがにこれには常次郎も面食らった。

お栄は師匠の娘だから常次郎も多少は気を使うが、常次郎は小間使いではない。そんなの自分でやってくださいよ、と常次郎は言おうと思ったが、あまりの不躾な態度に頭が真っ白になって、とっさに言い返す言葉が出てこない。

「茶。ちょうだいよ」

悪びれもせず、ごく当然のことのようにお栄が催促する。あまりにも堂々としているものだから、これで断ったら、なんだか常次郎のほうが悪いことをしているような雰囲気だ。

その雰囲気に押し切られるように、常次郎は黙って湯呑みを受け取り、そして土瓶から茶を注いで差し出してしまった。

「あんがと」

茶を受け取った瞬間、仏頂面だったお栄がにっこりと笑った。

なんの悪意も邪心もない、赤子のような笑顔である。その笑顔を見た瞬間、常次郎の怒りはすっと嘘のように収まり、彼の中には諦めに近い納得感が生まれた。

これからずっと続く、お栄と常次郎二人の関係性が決まった瞬間だった。

会話もなくごちそうさまの言葉もない、味気のない短い食事が終わると、北斎とお栄は当然のように文机に座り直して再び絵筆を取った。食べ終わった皿や椀は畳の上に置きっぱなしである。

ちょっと待て、そこも父親似なのかよ。

常次郎は嫌な予感がした。師匠の娘が戻ってくれれば、今まで自分がやらされていた食事の用意も部屋の片付けも、今後はその娘さんがやってくれて、自分はやっと画業に専念できるだろうと当然のように思っていた。

だが、お栄が父親似だとは聞いてはいたものの、まさか片付けに対する姿勢まで父親似だとは。だとしたら、荒みきっている北斎の生活が娘が戻ってきたことで改善するどころか、何もしない丸太ん棒が二人に増えただけではないか。

——しかしまあ、嫁いで四年か。思ったより長持ちしたもんだな。

意味深な笑顔を浮かべながら北渓さんが言っていた言葉の意味を、常次郎はようやく理解してがっくりと肩を落としたのだった。


二週間後、北渓さんがふらっと北斎の家に現れると、常次郎は待ってましたとばかりに北渓さんを外に連れ出し、北斎とお栄のいないところで泣きついた。

「北渓さん！　もうなんとか言ってやってくださいよ！　僕はもう限界です！」

「お栄ちゃんのことか？」

「ええ。そうですよ！　なんなんですかあの人！」

「あれがお栄ちゃんだよ」

「最初は感じのいいまともな人だと思ってましたが、飯炊きもしない。掃除もしない。あんなに何もしないなんて、どうかしてます！」

しかし、北渓さんの答えはそっけない。

「でも彼女、俺の言ったとおり天才だったろ？」

北渓さんにあっさりとそう返された常次郎は、ウッと言葉に詰まった。

「だいたいねえ、親の躾が全然なってないんですよ！　先生が甘やかすからお栄さんもつけ上がって、あんなろくでもない大人になったんです！」

だが、北渓さんはケロッとした顔で、ごく当然のことのように答えた。

「だけど、それはそれとして、天才だったろ？」

「……それにしたってねぇ、僕は別に小間使いじゃないんですよ。僕は絵を習いに来た門下生です。それなのに、当たり前のように湯呑みを突き出して、僕に『茶』って。あんな常識のなさで、この先の世の中渡っていけるとでも――」

常次郎はもう泣きださんばかりの声だが、北渓さんは眉毛一つ動かさない。

「でも、天才だったろ？」

ぐうの音も出ない常次郎は、半泣きの声で絞り出すように呻（うめ）いた。

「たしかに天才ですけどぉ……」

「だいたい、親の躾とか言ってるけど、常次郎もお栄ちゃんを見てりゃなんとなく分かるだろ。あの娘は父親と一緒で、親がいくら口うるさく躾けたところで素直に言うことを聞くようなタマじゃねえ。

これまでだって、おかみさんがさんざん苦労して、飯炊きだの繕いものだのを教え込もうとしたんだ。だけどもお栄ちゃんときたら、頑として言うこと聞かねえで、全部ほっぽらかして四六時中絵ばっか描いてるもんだから、最後はおかみさんもすっかり嫌になって匙を投げちまった。

ありゃあ、親の躾がどうこうというもんじゃねえ。あの娘は生まれつきああなんだ。どんなに文句言っても直るわけがねえから、腹立てるだけ無駄無駄」

「うッ……」

常次郎の悲痛な訴えを聞いても北渓さんは平然としている。赤ん坊の頃からお栄をよく知っている北渓さんは、何もかもを知ったうえで、もう何年も前からとっくに諦めてしまっているらしい。

「あの二人は天才。俺たちみたいな常人の物差しで測っても意味はねえ。どんなにあがこうが、どうせ手に負えねえんだからほっとけよ」

「でも、もはや人間の住む場所じゃないですよ、あの家！」

「大丈夫、大丈夫。あんな状態なんて今までに何回もあった。でも師匠もお栄ちゃんも生きてるだろ？　人間、そう簡単に死にゃしねえもんさ」

「えぇぇ……」

唯一の頼みの綱だった北渓さんがあまりにも呑気なので、常次郎は途方に暮れた。

北斎もお栄も、どこか頭の螺子(ねじ)が何本も抜けてしまっているようなところがあるが、北斎の一番弟子である北渓さんも、一見すると良識ある人のように見えてちょっと感覚がおかしい。

北斎の磁力を長年にわたってすぐ近くで浴びすぎて、この人も常識のタガが外れかけているのではないか、と常次郎は思った。


お栄が来るまで、北斎の家は片付ければかろうじて畳が見えた。それは、常次郎の日々の涙ぐましい努力の賜物である。

ところが、北斎とお栄の二人が揃って部屋を散らかすようになり、もはや常次郎一人の力では完全に歯止めがきかなくなった。

二人は絵の構想をまとめるために、毎日大量の下絵を描き散らかす。さらに日々の日課である写生を、まるで呼吸のように膨大にこなす。これでは紙の代金だけでかなりの金額になるはずだ。

今の北斎の長屋は、その紙が層をなして積み上がり、まるで分厚い敷物のようになっている。常次郎が顔を出さない日が数日あると、その紙の床の上には食い散らかした皿や包み紙が散乱していて、わずかに腐臭を発しはじめている。

これは、一体どこまでいくのだろうか。

あまりの部屋の汚さに最初はイライラしていた常次郎も、ここまで酷くなってくるとむしろ開き直ってきて、逆に苛立ちが収まってくるから不思議なものだ。

いまや、常次郎は完全に気持ちを切り替えていた。

こうなったら、この二人がどこまで部屋を汚くするのか、その限界を見届けてやろうじゃないか。

このまま一切片付けをせず、床に積み重なったごみが順調に厚みを増していけば、いつかは必ず天井とごみの間に挟まれて圧死する日が来るわけで、さしもの北斎とお栄も、どこかで絶対に我慢の限界がくるはずなのだ。

その時が来れば、あの先生とお栄さんが、自ら部屋を片付ける姿を見られるかもしれない。ほかの人が片付けなければ、本人たちがやらない限り部屋が片付くことは永遠にないのだから、その日はいつか必ず来るのである。あのずぼらな二人が片付けをする姿とは、一体どのようなものなのだろうか。

常次郎は、積もり積もった整理整頓の怨みを胸に、その日を心待ちにするようになった。すっかり馬鹿馬鹿しくなった常次郎が部屋の片付けを放棄したいま、汚部屋はいよいよ、足を踏み入れるのも躊躇（ちゅうちょ）するような魔窟と化しつつある。

それでも北斎とお栄は、部屋に置いた文机で窮屈そうに絵を描いている。そんな無理な体勢で絵を描くくらいなら、片付けをしたほうが絶対に楽なのにと常次郎などは不思議でならない。だが、片付けをしたら死ぬ呪いでも誰かにかけられているのか、北斎親子は相変わらず頑なに自分で片付けることを拒み続けるのだった。

常次郎はとうとう部屋に足を踏み入れることを諦め、最近は土間に莚（むしろ）と板を敷いて、そこで絵を描くようになった。

「北渓さん。もう僕は何もしませんよ。あんな馬鹿先生とずぼらな娘は、ごみに埋もれて死んでしまえばいいんだ」

得意げに胸を張る常次郎を見て、北渓さんはニコニコしながらつぶやいた。

「そろそろ頃合いじゃねえかな」

「何がですか」

「大掃除。こりゃ、俺もしばらく毎日ここに通って後始末をつけなきゃな」

「大掃除？　やっと、先生が片付けをする気になったってことですか！」

常次郎は目を輝かせたが、北渓さんは首を横に振った。

「いや、常次郎の考えてる大掃除とは、ちょっと違う」

今朝の北斎は、朝から一人でふらりとどこかに出かけていた。お栄は縁台に腰かけて、ぷかぷかと煙草を吹かしている。

こんなお人じゃ、そりゃ離縁もされるわなぁ。

家事は一切やらない。煙草は吸うし、夜になれば酒も遠慮なく飲む。しかもかなりの酒豪だ。こんな人を嫁にもらった旦那さんも災難だろう。

ただ、最初のうちこそ腹は立てたものの、いったんすべてを諦めて慣れてしまえば、それはそれで常次郎は不思議なほどにお栄を嫌いになれなかった。父親ほどではないにせよ、明らかに変人の部類に入るような女性だが、悪い人ではない。

「おおっ！　来たねコケコッコ」

木戸番で飼っている雄鶏が迷い込んできて、首をカクカクと規則的に前後させながら北斎の家の前の通りを我が物顔に歩き回りはじめた。それを見たお栄は、吸いかけの煙管を盆に置いてドタバタと家の中に駆け込むと、絵筆と紙を取って大急ぎで戻ってきた。

「にわにわ、にわとり。うごかないで、にわとり」

縁台に座り直したお栄は、赤子でもあやすような意味不明な独り言を機嫌よくつぶやきながら、せわしなく歩き回る鶏の姿を紙の上に素早く描き留めていく。

「りっぱなトサカ、トサカがりっぱ」

鶏は地面の小石をついばんだり、立ち止まって周囲をキョロキョロと見回したり、一瞬たりともじっとしていない。

だが、常次郎がこっそり手元をのぞき込むと、お栄はその瞬間瞬間を目に焼きつけて、手早く紙の上に落とし込んでいた。ごく短時間で描くので描線はおおざっぱだが、そんな簡潔な絵でもちゃんと「鶏っぽさ」が伝わってくる。

ものの特徴を捉えるのが、とんでもなく上手なんだな、この人――


そんな絵師としての尊敬の念もあるが、それと同時に、常次郎はそうやって絵を描いている時のお栄の姿も、なんとなく好きだったりする。

「にーわとり、にーわとり。鍋にして食ってやるー」

今年で二十六だと聞いたが、ニコニコと楽しそうに意味不明な鼻唄を歌いながら夢中で手を動かす様子は、まるで三歳かそこらの童女のようだ。

そんなお栄のとぼけた姿を、かわいいなぁとも常次郎は思うのだった。

するとそこに、北斎が外出からふらりと戻ってきた。

「おうアゴ。いますぐ出かけるから持ってくもん用意しろ。おお常坊も来てたか。ちょうどよかった、おめえも手伝え」

「親子でお出かけですか？　どちらまで？」

「お出かけじゃねえよ馬鹿野郎」

「え？」

「引っ越しだ引っ越し。すぐそこの長屋に空きが出てたから、いま決めてきた」

「はあ？」

いきなり引っ越しだなんて、そんな無茶な。

北斎は、家財道具の取りまとめなど何一つやっていない。だいたい、積もり積もったごみが分厚い層をなしているこの家を、この師匠は何一つ片付けもせず出ていくつもりなのか。

「先生、無茶言わないでくださいよ。家財道具どうするんですか。とりあえず荷車でも借りてこないと運びきれないし、だいたいこの部屋の片付けが――」

「うるせえ！　家財道具なんていらねえんだよ。俺たちはこれがありゃ十分！」

そう言って北斎は、文机の上にあった硯箱と絵の具一式と紙の束を小脇に抱えて、家の外にスタスタと歩いていってしまった。お栄も全く戸惑う様子もなく、手慣れた様子で同じように絵の道具だけを手早くまとめると、黙って父のあとについていく。

「ちょっと先生！　待ってくださいって！　だいたい引っ越し先ってどこなんですか？　それ教えてもらわないと、明日から僕はどこに行けばいいんですか？　先生ちょっとお！」

常次郎は慌てて北斎のあとを追った。弟子として一年ほど北斎と一緒に過ごしてきた常次郎には、北斎が本気で引っ越すつもりであることが態度ですぐ分かった。一般人が聞けば冗談だろと笑い飛ばすようなことを、この非常識な師匠はしょっちゅう言いだす。しかも当の本人はいつだって大真面目なのだ。

常次郎が追いついても、北斎は何も言わない。黙ってスタスタと先を歩き、表通りに面したある長屋の前で立ち止まると、指さして「ここだ」とだけ言った。

「はー。うん。よさそうな家だね、おとっつぁん」

お栄は呑気にそんなことを言いながら、ずかずかと長屋の中に入っていく。これまで住んでいたのとよく似た、二部屋の表長屋である。本来は店舗と住居を兼ねるような建物であり、商売もやらず親子二人で暮らすだけなら、もっと狭い裏長屋でも十分に事足りる。それでもこの親子はきっと、そんな広い家もあっという間にごみで満杯にしてしまうのだろう。

それにしても、断りも入れず勝手に中に入っていって大家に怒られないのだろうか。

そんな常次郎の心配をよそに、北斎とお栄はさっさと草鞋を脱いで長屋に上がり込み、硯箱などを畳の上に並べながら、すっかりくつろいでいる。

「……え？　ちょっと待ってください先生。これで引っ越し？」

「ああ。それがどうした？」

「前の長屋の大家さんにご挨拶とか、新しいご近所さんへのご挨拶とか、あと荷物も運んでこなきゃだし、だいたい、前の長屋の片付けどうするんですか？」

常次郎の質問を、北斎はうるさそうにあしらった。

「いいんだよ、ギャアギャアうるせえ野郎だな。どうせ同じ町内でほんの少し家を移っただけなんだから、挨拶なんて面倒なこと、いちいちやってられるか」

「えぇぇ……じゃあ荷物は？」

「いらねえよ。まあでも、文机くらいは持ってこねえとさすがに描きづらいから、あとで行って取ってくる」

「それと、版元さんや僕以外のお弟子さんたちにも引っ越しの連絡しなきゃですよね。先生が勝手に引っ越してしまったら、みなさん困りますよ」

「版元はもう慣れっこだから大丈夫だ。弟子どもは……せっかく俺がいろいろ教えてやったのに、独り立ちした途端ろくに顔も出しやがらねえ薄情者ぞろいだから、別にいいんだよ放っておきゃ。

だいたいなあ、本当に俺に用があるやつなら、大家に聞くかほかの弟子に聞くかして、黙ってても勝手に引っ越し先までやってくるもんだ。まあたいていの用件は金の無心か、北斎の名前をちょっとだけ貸してくれって話かのどっちかだがな」

「うわぁ……」

絶句した常次郎は、このでたらめな師匠に任せていては埒が明かないと悟り、とりあえず北斎の昨日までの住まいに戻ることにした。

子供の自分が行ったところでなんの足しにもならないとは思う。だが、もし大家が怒って文句をつけてきたら、せめて部屋の片付けは済ませて師匠の不始末を尻拭いするのが、弟子としての最低限の務めだろう。

あとは近所から荷車を借りてきて、少なくとも布団と火鉢くらいは新居に運びたいところだ。あの脳天気な師匠と師匠の娘は、絵の道具さえあれば十分だなどと馬鹿げたことを言っているが、生活力が皆無のあの人たちを放っておいたら、絵ばっかり描き続けて、気が付けばそのまま飢え死にか凍え死にしていてもおかしくない。

——というか、僕は絵の生徒のはずなのに、一体何をしているのだろう。

冷静になってしまうと馬鹿馬鹿しくなるので、常次郎は考えるのをやめた。

前の家に着くと、北渓さんと長屋の大家が立ち話をしていた。

「困りますよ本当に！　今朝になっていきなり出てくって言いだすし、それで一つも片付けもしないで勝手にどこか行っちゃうし。あんたら弟子なんだから、ちゃんときっちり落とし前つけて、この部屋きれいに片付けて出てってくんな！」

ああ、やっぱり北渓さん大家さんに怒られてるな、悪いのは先生なのに——

北渓さんのことを気の毒に思いながら常次郎は二人に近づいていったが、怒られているはずの北渓さんはなぜか恐縮する様子もなく、余裕たっぷりにニコニコとしていた。およそ怒られている人の態度ではない。

「いや。私は別にいいんですよ、我々で片付けをやってもね。……でも、それで本当にいいんですかい大家さん？」

「はあ？　いいに決まってんでしょう。これは師匠の不始末なんだから、弟子のあんたらできっちり家を元に戻せって言ってるんですよ私は」

「大家さん、ここに住んでたのは天下に名高い大絵師、さきの葛飾北斎改め、葛飾為一（いいつ）先生ですぜ。

ご存じのとおり、うちの先生は大変ズボラなもんでね、絵を描くのは好きだけど描き上がったもんには興味を失って、すぐにそこいら辺にポイッとほったらかしにしちまう。で、これだけごみが山積みになってたら、そのごみの中に描き上がった絵が紛れ込んじまって、仕方なくまた描き直しなんてこともざらだ。たとえば――」

そう言って北渓さんは、床の上に散らばったごみの山をごそごそと漁りはじめた。そして一枚の紙をその中から抜き出してみせた。

「ほらこれ。行きかう船と遠くに富士山の絵。この画趣からいって描かれているのは佃島かな？　ちゃんと落款も入ってるから、これそのまま画商に持っていけば二両はいくだろうな」

「え？」

「こっちは描きかけのようだが、このまま完成品と言っても誰も文句は言わない仕上がりだろう。絹本の墨絵で物はよさそうだし、こいつを表具屋に持って行って掛け軸に仕立てて、北斎の墨絵だと言えばすぐにいい値で買い手がつくはずだ。

もし、落款がないから偽物だ、などと文句つけるような奴がいたら俺のところに持ってきてくれ。俺が代わりに落款書いてやるからさ。なぁに、歌川も勝川も、師匠の代筆で弟子が描くなんてのは普通にやってることさ」

「……いいのか？　師匠の描いた絵を勝手に売り払ったりして」

「一切問題ねえ。そもそも、こいつはごみなんだ。先生はこれがごみだと思ったからここに置いていったんだ。だから、片付けた人間がごみを使って何をしようが、先生は知ったこっちゃない」

「本当の本当に、こっちの勝手にやっていいんだな？」

「勝手にやるも何も、北斎先生の引っ越しといえば掘り出し物の宝庫だって、画商の間では有名な話だよ。

　大家さんアンタ、絵の相場とか一切知らないだろうから、怪しい奴にぼったくられたら大変だ。だから、俺が日頃から付き合いのある、目利きの確かな画商をいますぐ連れてきてやるよ。そいつとよく相談して、このごみの山の中から売れそうなものを拾い上げて売っぱらって、そうでないものは全部処分してくれ。あとは全部アンタに任せるから、好きなようにやっていい」

「おお！　そうかそうか！　それはもう何から何まで親切にどうも」

　先ほどまで怒りで青筋を浮かべていた大家が、あっという間にホクホク顔に変わって、北渓さんにスリスリと揉み手をしている。現金なものだ。

「北渓さん」

「おお。常次郎か。ま、そういうわけでこっちの話はけりがついた。お前はどっかから荷車を借りてきて、布団と火鉢と文机だけ新しい家に運んでってくれ」

「箪笥とかは持ってかなくていいんですか？」

「箪笥なんてもん、もともと先生の家にはねえよ。飯椀すら持ってねえお人だぞ」

「そうでした……」

常次郎は近所から荷車を借りてくると、その上に布団と火鉢と文机と、未使用の紙の束など目についた必要そうなものを載せた。あれだけ物が積み上がっていた汚部屋から、これは生活に必要だろうと運び出された品は荷車一台にも満たなかった。


「北渓さん、これ、僕もらってってもいいですかね？」

「なんだ、それ」

「先生が描いた下絵の描き損じです」

「描き損じ？　まあそんなもん売れやしないから、大家に断るまでもないな。でもそんなもん何に使うんだ？」

「上から自分でなぞってみます。先生の描く線って面白いんですよ。絵手本を横に並べて描き写す稽古は普段からやってますけど、直に上からなぞったほうが、先生が線を描く時の筆の回し方とか力の入れ方がはっきりと分かるんじゃないかなと思って」

「へえー。物好きなことを考えるもんだな、おめえも」

「えへへ。先生が片付けもせず引っ越すって言いだした時は、一体どうなることかと思いましたが、こんな拾い物がもらえるなんて、これはこれで悪くないですね」

「ああ。おかげさまで俺も、ちょっとした小遣い稼ぎができる」

「は？」

するとを北渓さんは、ニヤリとあくどい笑みを浮かべながら言った。

「さっき大家に、画商を紹介するって言ったろ？　俺はその画商から、上前の一部を分けてもらうようにこっそり話をつけてんだ」

「……え？　でも北渓さんさっき、目利きの確かな画商だって……」

「ああ。目利きの腕は確かだよ。だが信用できる画商だとは一言も言ってねえ。なあに、多少ピンハネして安く買い叩くといっても、大家に気付かれない程度のかわいいもんさ。得体の知れない町中の画商に持っていくよりは、よっぽど良心的なもんだ」

「えええ……」

一見すると温和な常識人のように見えるけど、北渓さんもやっぱりどこか常識の物差しが一般人とずれている。北斎の狂気に吸い寄せられるせいなのか、彼の元に集まってくる人間は、本当にどいつもこいつも、まともな人がいない。

自分はそうじゃない、そんな奴らと一緒にするなと言い張りたいところだが、常次郎もブーブー文句を言いながら、なんだかんだでもう北斎に入門して一年になる。知らぬ間に自分も彼らと同類になっているのかもしれないと思い、常次郎はげっそりした。

「常次郎が片付けを頑張ってたからいままで言えなかったけどさ、そんなわけで先生の引っ越しは、俺にとっちゃいい小遣い稼ぎなんだわ。だから本音を言うと、先生には早く部屋を汚してもらって、しょっちゅう引っ越してもらったほうが、俺はちょっとだけうれしい」

「そんな、都合よく何度も引っ越しなんてできないでしょうが」

「いや、先生はもうかれこれ四、五十回は引っ越ししてるよ。周りのみんなも慣れっこなもんさ」

「はあ？」

「掃除なんて一切しない、汚れたら引っ越す、の繰り返しだからね。奥さんが達者だった頃はここまで多くは引っ越さなかったんだけど、最近じゃ一つの家で一年も持ちこたえたのは珍しいかな。常次郎が一生懸命に片付けしてたおかげだな」

「なんだもう。最初からそれを知ってたら、僕もわざわざ片付けなんてしませんでしたよ。馬鹿馬鹿しい」

「お？　そうかい。それじゃ常次郎も、とうとう先生の家の片付けを諦めたか」

「だって、散らかす側にお栄さんが加わって、二対一じゃもう勝ち目ないですもん」
「ははは。そりゃそうだなぁ」

誰の目から見ても異様な汚部屋なのに、それを改めさせようという気力も失せ、だんだんと疑問にも思わなくなってきている。やっぱり自分も、徐々に先生の色に染まって、ちょっと感覚がおかしくなってきているのかもしれない。常次郎の口から、ハハハと乾いた笑いが出た。

一緒に荷車を押して北斎の新居にたどりつくと、北渓さんと常次郎の二人は、まずは大きいものから順に新居に運び込もうと、布団をかついで玄関から居間に向かった。部屋に足を踏み入れた常次郎は、そこで思わず目を疑った。

もうすでに、かなり汚い。

引っ越してまだ一刻（約二時間）ほどしか経っていないのに、思うがままに描き散らかした紙屑で早くも床が見えなくなりつつある。

考えるよりも先に、口が動いていた。

「ちょっと！　どこをどうすれば、こんな短い間にこんなに散らかせるんですかッ！」

「おう常坊。どうした血相変えて」

「せっかく新しい家に移ったんだから、今日からは心を入れ替えて、最初からちゃんと片付けしてもらいますからね先生。いいですか、お栄さんもですよッ！」

北斎の汚部屋はすっかり諦めていたはずだったのに、気が付けば開口一番、常次郎のいつもの小言が出ていた。

「あぁ？　片付けなんてどうでもいいじゃねえか、うるせえ野郎だな。散らかったらまた引っ越すからいいんだよ俺はよ」

「いいえ。そうはさせませんよ先生。この家は今度こそ僕が毎日きちんと片付けをして、前の家みたいなひどい状態には絶対にさせませんからねッ！」

北斎は、ギャアギャアうるさい常次郎を面倒くさそうにあしらって、もとより彼の小言など真面目に聞くつもりなどさらさらない。それでも常次郎は、とっさに文句が口をついて出てきた自分自身に少しだけホッとしていた。

――やっぱり僕はまだ、この駄目な人たちとは違う。

ただ、そんなささやかな抵抗がいつまで持つのかは、常次郎にも分からない。

二、画狂老人と猫

猫はいねえか、猫だよ。

いきなり北斎にそう言われたので、常次郎は絵筆を止め、めんどうくさそうに「たしか徳さんの長屋のあたりに、年寄りの三毛猫が住み着いていたはずです」と答えた。北斎はそうかそうかそうかと言うと、紙と矢立を持ってすぐに家を出ていってしまった。

「……なんなんですかね？」

「これだよ。おとっつぁんはこれを見て、当てられちまったんだよ」

意味が分からずに常次郎がポカンとしていると、お栄は文机の脇に積まれた紙の山から一枚の絵をひっぱり出してきた。床に這いつくばって絵を描いていた常次郎は、体を起こすと不思議そうにその絵を眺めた。

大きな紙いっぱいに、小さな猫が二十匹ほど描かれている。寝転がったり、あくびをしたり、コオロギを手ではたいていたり。一匹たりとも同じ姿勢はなく、未熟な常次郎の目からしても、気ままな猫の性質が非常によく描けていることは一目で分かる。

「うまいですね」

「ああ。うめえよな」

「この猫、誰が描いたんですか？　これ、浮世絵の版下ですよね。さぞかし名の知れた人気絵師なんだろうなぁ」

　常次郎が尋ねると、お栄は「聞いて驚くなよ」と勿体をつけて言った。

「一勇斎国芳」

「えええええ⁉」


　一勇斎の歌川国芳といえば、長らく鳴かず飛ばずでまったく無名だったのに、今年発売した荒々しい武者絵が大当たりして一躍大人気となった、いまもっとも話題の絵師ではないか。その国芳が、この可愛らしい猫を？

「国芳の『通俗水滸伝豪傑百八人』、僕も大好きですよ。あまりに話題だったんで急いで買いに行ったら、『花和尚魯智深』は最後の一枚でした。危なかったですよ」

　歌川国芳の名前を聞いて心が湧き立ってうっかり口走ってしまったが、常次郎はすぐに、これはまずいことを言ってしまったと凍りついた。ほかの一門の絵師が大好きだなどと言おうものなら、師匠から大目玉をくらってもおかしくない。

だが、この緊張感のない一門において、そのような心配は無用だった。

「ああ。アタシも好きだよ一勇斎。あいつの絵は着想が面白いよね」

師匠の娘があっさりとそう言ってしまうのだから、大目玉もくそもない。

北斎率いる葛飾一門は昔からどうにも緊張感と団結力に欠けていて、師匠への忠誠心だとか一門の繁栄だとか誇りだとか、そういった感覚がすっぽりと抜け落ちてしまっているところがある。そのせいで、ほかの一門の絵師と意味もなく張り合ったりするようなことがあまりない。

「しかし、なんであの『武者絵の国芳』が、こんな絵を」

「いや、武者絵の勇ましさにばっかり目が行きがちだけどさ、意外に器用だよこいつは。たまたま最初に人気が出たのが武者絵だっただけで、実はこいつ、描こうと思ったらなんでも描けるんじゃないかな」

お栄は、顔も知らない国芳のことを偉そうに「こいつ」呼ばわりして、その画力まで勝手に決めつけている。とはいえ、お栄の口ぶりがあまりにも確信に満ちているものだから、本当にそうなのかもしれないと常次郎にも思えてきた。

「それで、なんでまた『武者絵の国芳』の描いた猫の絵がうちにあるんですか?」

「こんな猫の絵なんざ、売り物になんねえんだってよ」

「あ、やっぱり」

それはそうだろう。「通俗水滸伝豪傑百八人」が好評を博したばかりの歌川国芳に対して、世間が求めているのは豪快な武者絵である。武者絵以外の国芳の絵など、世間にとっては価値のないごみでしかない。

長年の下積みを経て、三十近くにしてようやく初めて当たりが出た国芳など、世の人々からしてみたら所詮はポッと出の新人絵師の一人にすぎないのだった。彼の代りとなる絵師なんて江戸中に腐るほどいる。

「それで、版元はこんな絵は刷れねえと言って没にしたんだけど、それで国芳自身もひどくがっかりしちまったし、版元の人間の中にも、なんとなくこの絵が気になるって奴が結構いたらしいんだわ。

まあ、たしかに国芳の猫の絵なんて売れねえとは思うけどさ。かといってあっさり捨てちまうのはなんとなく惜しいような気がして、それで版元の人間が、いろいろな絵師にこの絵を見せて感想を聞いて回ってるそうだ」

「でも、よりによってうちに回すなんて、何考えてんですかね版元も」

いまの浮世絵界では、葛飾北斎率いる葛飾派と二代目歌川豊国が率いる歌川派が、覇権をめぐって激しくしのぎを削っていると世間では言われている。葛飾派の領袖である北斎に対して、あろうことか歌川派の絵師である国芳の絵の感想を尋ねるなんて、瓦版屋が聞きつけたら面白おかしく脚色して書き立てるような話だろう。

「だって、うちのおとっつぁん気にしないだろ、そんなもん」

「まあ、そうですよね」

実際には、世間が勝手に思い描いているような「葛飾派」なんてものはあってないようなものだ。北斎は常日頃から「おれの弟子は二百人いる」などと豪語しているが、十年前から変わらず弟子の数は二百人と言い続けているので実に疑わしい。

だいたい、歌川派のほうは、面倒見がよく人望のあった初代豊国が多くの弟子たちを束ねて一門の形にきちんと組織したから、初代が死んで二年経ったいまでも浮世絵界の一大派閥としてその威を保っているのだ。

ろくに人付き合いもできない北斎に、大人物だった初代豊国のような器用な芸当ができるはずがなかった。それで彼の弟子たちはそれぞれが好き勝手にバラバラの活動をしていて、ちっとも一門としての組織の態をなしていなかった。

お栄が、国芳の猫の絵を眺めながら惜しそうに言った。

「二代目豊国が、こんなもん描いても無駄だって切り捨てたらしいんだよ」

「へえー。容赦ないもんですね」

「あそこはいま、二代目の意向に逆らうといろいろと面倒なことになるらしいから、二代目が駄目だといったらもう駄目さ。それで版元が内密に、おとっつぁんはこの絵をどう思うかって感想を尋ねてきたらしい」

「そしたら先生は、これを見て自分も猫の絵を描くと」

「ああ、そうさね。ちくしょうめって悪態をつきながら出てった」

たぶんこれは、北斎なりの賛辞だと理解していいのだろう。ときどき、北斎はそういうことがある。

なじみの画商が京から持ち込んだ円山応挙（まるやまおうきょ）の掛け軸を見せた時も、長崎の商人がオランダから伝わった油絵を見せた時も、北斎はその絵を穴が開きそうなほどにじっくりと長いこと眺めたあと、不機嫌そうに黙り込んでしまい、そのあと突然ちくしょうだの糞くらえだの、悪態をついて出ていってしまった。

「くやしいんだよ。おとっつぁんも猫の絵は描かんでもないけど、別に猫を飼っているわけではないからね」

「飼っていないと、猫や犬は描けないものでしょうか」

「別に描けないことはない。でも、やっぱり好きで飼ってる奴の見る目は違う」

「はあ」

「この国芳って奴は、間違いなく猫を飼ってる。それも半端なもんじゃねえ、筋金入りの猫好きだ。

ほら、この猫のくつろぎきった表情を見てみろよ常次郎。猫はこんな顔、飼い主の前でしか絶対に見せない。毎日毎晩猫を可愛がって、じっくりと姿形を観察してる奴だけが、猫のこの表情に気付けるんだ。たいしたもんだよ」

「でも、先生もお栄さんも感心してるのに、版元はこれじゃ売れないと言ってるわけですよね」

お栄は、付け木から煙草に火を移してふうっとひと吸いすると、煙管の先っぽをぼんやりと眺めながらつぶやいた。

「世間様は、絵師の描きたいもんなんて知ったこっちゃねえんだよ。自分の描きたいもんなんかキッパリ捨てて、ひたすら世間様が欲しがるもんを描いてこその浮世絵師だろうが」

そう言ったお栄の目がどことなく寂しげだったので、常次郎は言葉に詰まった。気まずい沈黙が流れた。

お栄は北斎の浮世絵の背景を手伝うことも多いし、客の注文に応じて、葛飾応為の名で絹本に肉筆画を描くこともある。だが、彼女の名義で描かれた浮世絵はほとんどない。

肉筆画はお栄が一人で描いて、注文した客が満足すればそれでよいが、浮世絵は絵師だけでなく彫師、摺師、版元が一丸となって作り上げ、大量に刷って広く売りさばくものだからである。

浮世絵は売れてなんぼ、大衆に受け入れられてなんぼ。

どんなに内容が素晴らしかろうが、大衆が喜んで買い求めるようでなければその浮世絵に価値はなく、誰も買わない絵を描く絵師に仕事を回す版元はいない。そして、なんだかんだ言って大衆は、すでに実績のある絵師の絵を一番喜んで買い求めるのである。

大絵師・北斎であれば、その名前だけでもう売り上げがいくらか見込める。

だが、いかに北斎の娘とはいえ、お栄の一般的な知名度は皆無である。それでもなお彼女の絵に惚れ込んで、お栄の名で浮世絵を売り出してみようという版元など、そうそう現れやしないのだった。版元としてはわざわざそんな博打を打たなくとも、北斎の画風を受け継いでいる彼女が描いた絵に北斎の名前をつけて売るほうが、商売としてはよほど割がいいのである。

それがお栄＝葛飾応為という絵師が直面している、厳しい現実だった。

ひょっとしたら国芳もいま、自分が描きたいものと周囲が求めるものの違いに苦しんでいるのかもしれない。武者絵の国芳らしくない可愛らしい猫の絵を眺めながら、常次郎はそんなことを思った。

「でもなぁ。おとっつぁんが俄仕込みで野良猫をいくら眺めたところで、骨の髄まで猫が好きな奴の絵には絶対にかなわねえだろうな」

押しも押されもせぬ江戸一番の大絵師に向かって、実の娘とはいえ、お栄もずいぶんずけずけとものを言うものである。

「先生は、国芳の猫の絵には勝てないのでしょうか？」

常次郎が不安そうに尋ねると、お栄はカツンと煙管で煙草盆を叩いて言った。

「絵は勝ち負けじゃねえよ常次郎。どんな下手くそな絵であっても、それが好きでたまらない奴にとっちゃ、そいつが一番の絵なんだ」

そこに北斎が戻ってきた。

「駄目だ駄目だ。野良猫じゃ駄目だ。あいつら愛想がねぇ」

自分自身の愛想のなさを棚に上げて、野良猫に対して文句をこぼしている。

「やっぱりなあ、大切に育てられた飼い猫じゃねえと、あの愛らしさは出ねえよ」

「おとっつぁん。おかえり」

「おう、アゴと常坊か。おう常坊。ちょっくら近所の猫飼ってる家に行って、猫借りてきてくんねえか？　飼い主つきで」

「飼い主つき？」

「ああ。飼い主がそばにいねえと猫も本音を出さねえだろうから、飼い主と一緒にここに連れてこい。そんで、膝の上でくつろいでるところを俺が絵に描き写す」

「えええ……そんな物好きなことに、付き合ってくれる人いないですよ」

「いいから早く探してこい馬鹿野郎。モタモタすんな！」


かくして、家から叩き出されるように猫探しに駆り出された常次郎は、途方に暮れながら猫を飼っている近所の家を思い浮かべた。

何件か心当たりがないわけではないが、一体どんな顔をして「お宅の猫と飼い主を貸してくれ」などと頼めばいいものか。

よく晴れた昼下がり、空は青く日差しはポカポカと心地よいが、常次郎の心は重い。ああ、いま自分は猫の手を借りに行っているんだなぁ、などと常次郎はしょうもないことを考えながら、まずは一番優しくて頼みごとがしやすそうな、猫好きのトメ婆さんの家に向かってとぼとぼと歩いていった。

近在にすっかり知れ渡ってしまっている北斎の変人ぶりが、この時は常次郎の役に立った。人の好いトメ婆さんは、へえへえ、北斎先生のお頼みであればいいですよ、と二つ返事で猫の手を貸すことを了解してくれたのである。

変なことをお願いしてすみませんと常次郎が謝ると、婆さんは、別に驚きませんよと柔和な笑顔を浮かべながら言った。

「あの先生は昔にも、虎を描きたいが日の本に虎はいないので、代わりに怒った猫を見たいと言って、近所中の猫を怒らせて回っておりましたからねぇ」

先生、昔からこの調子なんだなぁ……。

常次郎は自分の師匠ながら、恥ずかしくて顔から火が出る思いがした。

積み上がったごみを無造作に横にどかして汚部屋の一角を空け、そこにトメ婆さんを座らせることにした。婆さんは膝の上に茶色の愛猫を乗せ、背中を優しくなでてやって、不安そうな表情をした猫を落ち着かせる。北斎がそのすぐ横にどっかと座り、猫の表情や仕草を一心不乱に紙に描き留めはじめた。

北斎は普段から、写生に集中しはじめると顔が怖くなる癖があった。

力いっぱいに歯を食いしばり、カッと見開いた目で対象物のあちこちにぎょろぎょろと素早く目を走らせ、何か思うところがあると、気になった箇所をギロリと睨みつける。その形相はまるで不動明王のごとき、あるいは七代目市川團十郎（だんじゅうろう）のにらみのごとき鬼気迫るもので、入門当初の常次郎は度肝を抜かれたものだった。

「……先生？」

トメ婆さんは最初のうちは普段どおりに猫を愛おしげに撫でていたが、猫がさっきから神経質そうに北斎のほうにチラチラと目をやっているのに気付き、少し困ったような顔をして北斎に声をかけた。

「ちょいと先生。あのー、そのお顔……この子が怯えてしまって……」

しかし北斎はその声が聞こえていないのか、戸惑うトメ婆さんの声をさっきから無視して、ものすごい形相で一心不乱に絵筆を走らせている。

見かねた常次郎が助け舟を出した。北斎に近寄り、絵筆が紙を離れた瞬間を見計って肩を強く叩き、大声で北斎に呼びかける。

「先生！　聞こえてますか先生！　ちょっと！」

北斎がまったく反応しないので、少し強めに肩をゆすぶってみる。

「先生！　先生ってば！　ちょっといいですか！」

「なんだぁ常坊！　絵の邪魔すんじゃねえ、この馬鹿野郎が！」

こちらの呼びかけをずっと無視していたかと思えば、不機嫌に怒鳴りつけてくる。

常次郎は北斎の理不尽さにはいいかげん慣れっこになってはいるが、それでもこれには閉口した。

「あのですね、先生のご様子を見て、さっきから猫が怯えてしまっているんですよ。もう少し優しい顔でお願いできませんか？」

「優しい顔ぉ？」

「ええ。そうです。先生の顔が怖すぎるんですよ。目がギョロギョロして歯はギラギラ、まるで酒呑童子(しゅてんどうじ)みたいでしたよ。これじゃ猫も怯えちゃいますよ」

「はあぁ？　猫が人の顔を怖がるわけがあるかい。そんな馬鹿なこと、誰が言ってやがんだ？　ふざけんじゃねえぞ！」

本当に、トメ婆さんの言葉が一つも耳に入っていなかったらしい。

「飼い主がそう言ってるんだから間違いないでしょ。先生、おトメさんの話、聞いてなかったんですか？」

「絵を描いてる時に、人の話なんていちいち聞いてられるか馬鹿野郎」

常次郎は、北斎の集中力に感心する以上に呆れ果ててしまった。仕方なく根気強く事情を説明すると、北斎はようやく、

「ああ、それでか。いやぁ、猫が一向にくつろいだ仕草をしてくれないもんだから、おかしいなぁとずっと思ってたんだよ。なるほどな」

と理解し、そこで初めてニッカリと笑ってくれた。

「どうすれば、顔が怖くなくなるんでしょうねぇ……」

「んなこと言われても、描いてる時は勝手にこの顔になっちまうから、自分じゃどうしようもねぇ」

自分の顔なんだから、それくらいなんとかしてくださいよと常次郎は思うのだが、北斎は最初からそれは無理だと、試してみる気もさらさらないらしい。

まあ、常次郎が強く肩をゆすぶって初めて声をかけられていることに気付くくらいだから、そんな器用な芸当は期待できないだろうな、と常次郎も早々に諦めた。

するとそこで、お栄がぱあっと明るい顔を浮かべ、「妙案をひらめいたよ」とうれしそうな顔で言った。この表情だときっとろくな案じゃねえな、と常次郎は嫌な予感しかしなかった。

「おとっつぁん、それなら、いつものあのお経を唱えればいいんだよ！　おとっつぁんが毎朝毎晩唱えてる、あの不気味なやつ」

「ありがたいお経に対して、不気味なやつだなんて罰当たりな野郎だな。阿壇地のことか？」

「そうそうそれ、阿壇地。アタンダイ、アタンダイって唱えてる時のおとっつぁん、いつも魂が抜けた仏様みたいな顔をしてるからさ、あれを唱えながら描けば、きっと描いてる時の顔も安らかになるよ」

「うーん……そんなに上手くいきますかね……？」

やっぱりろくでもねえ案だった、と常次郎は秘かにため息をついた。

北斎は日蓮宗と妙見菩薩を熱心に信仰している。それで、日蓮の小さな木像を大事に持ち歩いていて、毎朝毎晩その像を壁の前に置いては手を合わせながら、法華経に出てくる普賢呪(ふげんじゅ)（阿壇地）を唱えるのが日課だった。

さらに彼は、近所の人とのさりげない挨拶や他愛のない雑談といったものを「意味がねえ」といってひどく嫌ったので、歩いている時に他人から声をかけられないよう、ずっとこの普賢呪をブツブツと唱えながら歩くようにしている。その様子があまりに不気味なものだから、あの爺さんには近寄らないほうがいいと、近所の人たちも北斎を避けるようになった。彼にとっては願ったり叶ったりだった。

「じゃあ、ひとつ試してみるか」

そう言うと北斎は、少し離れたところで猫の正面にどっかりと腰を据え、筆と紙を構えるとブツブツと普賢呪を唱えはじめた。

「あたんだい、たんだはだい、たんだはてい、たんだくしゃれ、たんだしゅだれ、しゅだれ、しゅだらはち、ぼっだはせんねい、さるばだらに、あばだに、さるばしゃ、あばたに、しゅあばたに、そぎゃはびしゃに、そぎゃねぎゃだに、あそぎ、そぎゃはぎゃだい、てれあだ、そがとりゃ、あらて、はらて、さるばそぎゃ……」

たしかに、この訳のわからない呪文を唱えはじめたことで、さっきはギョロギョロと目をひんむきながら酷い形相で絵を描いていた北斎が、まるで憑き物が落ちたかのように安らかな表情になった。目は半眼に開き、猫背だった背筋がすっと伸びて全身の無駄な力が消えた。さっきまでの荒々しい運筆が嘘のように、今はすべてを悟りきったかのような穏やかな筆遣いだ。だが、その様子を見ていた常次郎は急に、えもいわれぬ不安に襲われた。

――ちょっと待て。うちの先生、まさかこのままお迎え来たりしねえだろうな？

仏像のような得体の知れない神々しさを発しはじめた北斎の絵描き姿に、ブツブツと唱えられる普賢呪の不気味な響き。周囲にはただならぬ雰囲気が漂いはじめた。もし、このまま先生の体が金色の後光を放ちはじめたら、自分は弟子として体を張ってでもこの呪文を止めなければならぬと、常次郎は秘かに決意を固めた。

だが、トメ婆さんと猫のほうが、この異様すぎる空気に先に音を上げた。

「ちょいと……なんだか私、先生が阿弥陀様みたいに見えてきて、いますぐお迎えが来ちまうんじゃないかって気が気じゃなくなってきたよ。私ゃまだこの世に未練があって、当分は極楽浄土に行く気はないんだ。やめとくれないかい」

猫も飼い主の声に同調するかのように、不安げにニャアと鳴いた。


普賢呪を唱える方法は駄目だった。

すかさず、今度は北斎が得意げに新しい作戦を提案する。

「要するに、猫が俺の顔を怖がるのがいけねえんだよな。それじゃこれはどうだ」

北斎は隣の部屋に移動すると、ぴしゃりと襖(ふすま)を閉じて自分の身を隠した。その後、そこから指一本分だけ襖をそっと開く。

隣室に座る老婆と猫の様子を、襖の細いすき間からのぞき見して描こうというのだ。

さも素晴らしい案のように北斎は得意げに言っていたが、実際に描きはじめてみたら、その様子を見て常次郎はがっくりと肩を落とした。

「逆に怖いですよ、先生……」

わずかに開いた襖のすき間の奥、暗闇の中でギラギラと光る一つの目玉がジロジロと婆さんのほうを見つめている。

これじゃあ、まるっきり怪談話だ。常次郎は呆れたが、絵に夢中になっている北斎はそんな惨状に何一つ気付いていない。

襖の向こうからじっと見つめる薄気味悪い視線に、トメ婆さんは居心地が悪そうだし、猫も不穏な空気を察して、ときどきシャーと毛を逆立てている。

そんな体たらくだから北斎もなかなか思うような模写ができず、だんだんと苛立ちはじめてきた。それで、自分の姿が相手に見えていないから相手に気付かれないとでも勘違いしたのか、機嫌悪そうにチッと小さく舌打ちをしたり、

「こんちくしょう」

「死にやがれ、クソが」

などと小声で悪態をついたりしはじめた。

「先生、独り言が気持ち悪いです……」

襖の向こう側で、そんな不気味な独り言を延々と聞かされるトメ婆さんと猫もいい迷惑だろう。まったくの善意で北斎の絵にわざわざ協力してくれているのに、自分の

思うような恰好をしてくれない猫に苛立って、北斎は大声で罵倒せんばかりの勢いである。感謝のかけらも感じられない。

結局、あれこれ半刻ほど頑張ってはみたが、そこで気まぐれな猫の忍耐が限界に達した。大好きなトメ婆さんの膝の上からも逃げだすようになってしまったので、北斎もようやく諦め、この日の写生は終わった。

もう呼んでも二度と来てはくれないだろうな、明日からは誰に頼めばいいのだろうかと常次郎は暗澹（あんたん）たる気持ちになった。

「おとっつぁん自身が気まぐれな猫みたいな人だからさ、似た者同士できっと仲が悪いんだよ」

お栄がそんな風に笑いながら、いつの間にか描いていた猫の絵をひらりと振った。

「あれ？　お栄さんもこっそり猫の絵を描いてたんですか？　ずるい！」

「ふふふ。ぼーっとしてる常次郎が間抜けなんだよ」

「ちっくしょう、親子して。僕が頭を下げて連れてきた猫なのにひどい！」

だが、お栄が見せてくれた猫の絵はさすがの出来栄えだった。ひょっとしたら、父の北斎よりも的確に猫の特徴を捉えているかもしれない。悔しいが、どう逆立ちしても自分には到底かなわない。

するとと襖が勢いよく開き北斎が出てきて、ぶっきらぼうに常次郎に命じた。

「おう常坊、明日も別のところから猫借りてこい」

「嫌ですってば！　今日は優しいトメさんだったからまだよかったですけどね、ほかの人だったらとっくに怒って帰ってますよあんなの。もうちょっと普通に描けないんですか先生？」

「普通に描くぅ？　師匠に向かって、絵の描き方がおかしいって弟子のてめえが言うのか？　てめえ、俺の描き方のどこがおかしいって言うんだ」

「描いてる時の顔が怖すぎます」

「顔と絵は関係ねえだろ！」

「関係あるから困ってんでしょうが！　いずれにせよ、僕はもう嫌ですよ先生」

本来、絵師の世界の師匠と弟子の上下関係は絶対で、普通なら師匠の言うことに弟子が口ごたえなどできるはずがない。

だが北斎に弟子入りして一年、常次郎も最近はすっかり図太くなって、堂々と北斎に言い返すようになっている。だいたい、普通の絵師と違って北斎の命令はいつも理不尽すぎるので、黙って全部言いなりになっていたら常次郎の体がもたない。

それに北斎は口こそ悪いが、それだけなのである。翌日には罵倒したことすらケロリと忘れている始末なので、これは真剣に取り合うほうが馬鹿馬鹿しいと常次郎もいいかげん気が付いたのだった。

この人にとって悪口雑言は呼吸のようなものであって、そこに深い考えは何一つないんだ——そうと分かってからは、常次郎は北斎に怒鳴られても眉一つ動かなくなった。

「江戸っ子は宵越しの金は持たない」というけど、先生はきっと金だけじゃなく「宵越しの怒りは持たない」し、「宵越しの後悔は持たない」のだろう。先生にとってはこの世のすべてが一晩寝れば全部過ぎ去った昔のことであり、過ぎ去ったことなど、もはやどうでもよくなるのだ。

「じゃあ分かった。常坊、てめえが猫をやれ」

また訳の分からないことを北斎が言いだした。

「はあ?」

「てめえが猫をやれっつってんだよ。ニャアと鳴いてそこに丸くなるんだ」

「はああ?」

「できんだろ猫。そしたら俺がてめえの姿を描き写して、それに毛を生やして耳と尻尾を描き加えて猫にするからよ」

「そんなの、できるわけないですよ！」

「馬鹿野郎。てめえも絵師の端くれだろう。今日一日ずっと猫を見てたくせに、猫のものまねの一つもできねえでどうすんだ、このウスラトンカチ」

「何言ってんですか先生。僕は声色使いの幇間（ほうかん）じゃありません。絵師です」

「絵師だって物の形をよく見て筆で真似るんだ。やってるこたぁ声色使いと変わりゃしねえよ。やれ」

「そんな無茶苦茶な。できるわけありません。馬鹿馬鹿しい」

「お。言いやがったな常坊。この野郎、師匠に向かっていい度胸だ。それじゃあこの俺が、本当の猫ってもんをおめえに見せてやろうじゃねえか」

そう威勢よく啖呵を切るや否や、北斎はいきなり自分から猫のものまねを始めた。

「ニャアァ……フワァ……」

「……先生？」

「ニャアー。ニャアー」

驚くほど、猫に似ている。

鎌のように手首を曲げて、ペシペシと顔を洗う様子は、見た目は六十八の爺さんなのに、まるでそこに愛らしい猫の姿が見えるようだ。北斎はひととおり猫が顔を洗う真似をしたあと、ぼんやりと遠くを見つめたかと思えば、眠そうに目を細めて、ゆっくり香箱を組んでその場にしゃがみこんだ。

「ちょ……先生?」

まるで猫又が取り憑いたかのような、上手すぎる北斎のものまねに常次郎は絶句して、思わず北斎に声をかけた。だが北斎はけだるそうに目を細めてじっと遠くを見つめたり、ペロペロと手の甲を舐めて毛づくろいしたりしながら、常次郎の声を完全に無視している。そんな傍若無人な態度もまさに猫そのものだ。

「先生、すみませんでした。僕が未熟でした!」

自分でもよく分からないが、気付くと常次郎は床に手をついて師匠に謝っていた。

「ニャア?」

「もう分かりましたから先生。やれます。僕も一日見てたんだから猫やれるはずです。だからもうやめてくださいってば先生」

「ニャー。フニャー」

「やりますから。僕、猫やりますから。やります。ぜひやります。やらせてください!」

「ナァー。ニャアァー」

「先生ェ……」

　あまりにも完璧な猫のものまねを見せられて、完全に降参した常次郎が土下座して北斎に頭をペコペコと下げているところに、ふらっと北渓さんがやってきた。

「……何やってんすか先生？」

　北渓さんがやってきたことで、ようやく北斎は猫のものまねをやめて六十八の老人に戻った。

「今日は先生に注文を持ってきました。人形町で小間物問屋をやっている、舟形屋善兵衛殿からの依頼で、縁起のいい絵を摺物で仕立ててほしいと」

「ほう。縁起のいい絵ねえ。何かご所望はあるのけぇ？」

「そこは善兵衛殿とも相談して、大黒様なんていいんじゃないかという話になりました。日頃のご愛顧の御礼として、のれん分けした先とかお得意様にその絵を配って回りたいって話ですんで。大黒様なら商家の玄関に揃って飾るのにも具合がいい」

「よっしゃ。それじゃあ俺は大黒様を描きゃいいんだな。そうと決まれば常坊、てめえは鼠を連れてこい。そこらへんの鼠捕りにどうせ二、三匹かかってんだろ」

「鼠ですか？　なんでまた？」

「そんなことも知らねえで絵描きやってんのかよ馬鹿野郎。大黒様といったら鼠に決まってるんだよ。大黒様の眷属だ」

「はあ」

さっきまで猫を連れてこいと言ってたかと思えば、今度は鼠だ。

でも、こっちは猫よりはずっと楽だと常次郎は思った。衛生的に大いに問題がある北斎の家は、いつも鼠が巣食って屋根裏や軒下を走り回っている。一切自炊をしないので買い置きの米を食い荒らされるような被害はないのだが、駆け回る音がどたばたとうるさいので、北斎はいつも、家に何個も鼠捕りを仕掛けていた。

常次郎は土間の隅に仕掛けてある鼠捕りを見た。ところが一匹もかかっていない。

「あれ？　おかしいですね先生。一匹もいませんよ」

「んなわけねえだろ。いつ見たって二、三匹はかかってるのに」

「だって、ほら」

「ん？　ほんとだな。じゃあほかの場所も見てみろ」

そこで常次郎は家じゅうの鼠捕りを確認したが、いずれも一匹たりとも鼠はかかっていない。

「おっかしいなぁ。網が破れてるわけでもねえから、かかった奴が逃げちまったわけでもねえよなぁ」

「おかしいですねえ」

そうは言っても、今までは毎日のように何匹もの鼠がかかっていたのだ。まあ、たまにはこんな日もあるだろう、どうせ明日になればかかってるさ、と常次郎も北斎も深くは考えず、明日を待つことにした。

ところが、翌日に見ても鼠は一匹もいない。

「そういえば最近、屋根裏で鼠が駆け回る音、あまり聞かなくなったような気がしますね」

「そうだっけか？」

「そうですよ。毎日ドタバタうるさかったのに、最近は静かですよ」

「なんでまた、欲しい時に限って急にいなくなっちまったのかなぁ、鼠」

常次郎は、鼠が突然いなくなった理由がなんとなく分かるような気がした。

いま、この家には猫の気配が充満しているのだ。

猫はいない。だが、猫の姿を正確に描き写そうと、北斎が全身全霊で猫とは何かを考え、猫と向き合い、猫をじっと観察している。そうしているうちに、きっと北斎自身が猫と同じような気配を発しはじめたのだ。

最近はなんだか北斎の仕草まで、どこか猫じみてきているような気がする。それで鼠たちは猫の気配を感じて、恐れをなしてとっとと逃げだしたのだろう。

「この際、先生の似顔絵を鼠除けのお札にして売りだしゃいいんじゃねえの」

北渓さんは、そんな呑気なことを言っている。

結局、常次郎は隣家を回って、不審な顔をされながら鼠捕りにかかった鼠をもらい受けてきて、それで大黒様の絵は完成した。米俵に腰かけてにっこりとほほ笑む大黒様の足元に、大黒様の使いである鼠が二匹、愛らしく描かれている。

しばらくの間、大黒絵を描くことに集中しているうちに、北斎は猫の絵のことをきれいさっぱり忘れてしまったようだ。あれだけ猫、猫と言っていたのに、それっきりもう、猫の絵を描くことはすっぱりとやめてしまった。国芳の絵を見て感じた悔しさも、もうどうでもよくなったらしい。

のめり込んだ時はすごいんだけど、飽きっぽいんだよな……。

これは尊敬すべき性格なのか、どうしようもない性格なのか、常次郎はよく分からない。いずれにせよ、もう近所の猫好きを回って猫を借りてこなくてよくなったので、常次郎はほっと胸をなでおろした。

その翌日、常次郎が北斎の家にやってくると玄関に草鞋があった。版元が打ち合わせに来ているのかな？　と思いながら常次郎が中に上がり込むと、大判の錦絵を何枚か胸に抱えたお栄が奥から出てきた。お栄はどことなく不機嫌そうな表情だ。

「お栄さん、先生にお客人ですか？」

「ああ、そうだよ。だから常次郎、今日は帰ったほうがいいかもな」

「そんな、憚られるような方が来られているのですか？」

　北斎は来客にほとんど上下をつけない。どんな分限者（ぶげんしゃ）や身分の高い人間が訪れようとも普段どおりで、気を使って「お客人がお帰りになるまで、邪魔だから外で時間をつぶしてきなさい」などと常次郎に命じることはまずなかった。あの北斎が気を使うほどの来客なのかと常次郎は一瞬だけ身構えたが、どうやら違うようだ。

「いや、来てるのはなんでもねえゴロツキ野郎だ。だけど、悪いことは言わねえ、今日は来てなかったことにして、常次郎はいますぐ帰ったほうがいい」

「ゴロツキ野郎ってことは、絵師の方ですか？」

　受け取りようによっては非常に失礼なことを常次郎は言ったが、実際問題、北斎の家によく出入りするような絵師はどこか常識の欠落した人間がほとんどで、ゴロツキとたいして変わらない。

「あれ？　その絵、ひょっとして渓斎英泉（けいさいえいせん）先生じゃないですか？」

そこでふと常次郎が、お栄が抱えていた錦絵を指さして言った。

浮世絵好きが嵩じて北斎に入門するようになった常次郎は、流行りの絵師を絵柄の一部だけですぐに言い当てる。

「あんた目ざといねえ。ほとんど腕で隠れてるのに、これだけ見てよく分かったな」

「へへ。英泉先生は唇を見れば一発ですよ」


渓斎英泉は、美人画と春画の分野で独自の世界を築いている人気絵師だ。

彼の描く美人はどれも判で押したように、つり上がった眉と切れ長の目、少し分厚い下唇をしていて、猫背であることが多かった。決して、喜多川歌麿（きたがわうたまろ）の美人画のような万人受けする正統派美人ではない。

だが、そんな一癖も二癖もありそうな、どこか気丈な雰囲気の美人が悩ましげに体をくねらせる姿は、不思議と人を惹きつける生々しさと情感があった。好き嫌いは分かれたが、それでも彼の美人画は一定の固定客をがっちりとつかんでいる。

「へえー。英泉先生が来られてるんですか。僕、一度お会いしてみたいと思ってたんです」

「やめときな。ろくな人間じゃない。それに今、おとっつぁんと英泉のやつが一緒になって見てるのは枕絵だ」

そう言われて常次郎はウッと言葉に詰まった。少しだけ顔が赤くなってしまったのをお栄に気付かれていたら嫌だな、と必死で平静を保とうとした。


男女の性愛を卑猥に描いた枕絵（春画）。今年十四歳の常次郎は、来年にもなれば前髪を落として月代（さかやき）を剃り、ぼちぼち兄弟子たちに廓（くるわ）に連れていかれて筆おろしをするわけで、枕絵などを見るのももう頃合いといえば頃合いだが、まだ早いといえば早いという微妙な年頃である。


「英泉のやつ、絵は下手くそなくせに、枕絵は妙にそそるもんがあるからな。で、うちのおとっつぁん、もういい齢した枯れた爺さんのくせに、あいつの枕絵を見て、これはたまらん、畜生、畜生ってさっきから唸ってんだよ」

「へえ……先生も、お元気ですねえ……還暦とっくに過ぎてるのに」

老師匠の年甲斐もない回春に対して、純な常次郎は一体どう感想を述べればよいものか分からず、なんとなく言葉を濁した。

「ああんもう！　常次郎、あんた鈍いね！　おとっつぁんがそんな様子だから、あんたはさっさと帰ったほうがいいってさっきからアタシは言ってんだよ！　この先、何があってもアタシゃ知らないよッ！」

苛ついた様子でそう言ったお栄の後ろに、いつの間にか爽やかな出で立ちの優男（やさおとこ）が立っていた。

「お栄ちゃん、どうしたんだい。急に席を立っちゃって」

「あぁ？　あんた妙齢の娘の前であんなもん平気で見せて、どういうつもりだい。席を立つのが当たり前だろが」

「いやいやいや。一度は嫁いで、もう酸いも甘いも知り尽くしてるくせに、何を言ってんだお栄ちゃん。今さらそんな生娘ぶっても仕方あるめえよ」

どうやら、この粋な身なりの優男が渓斎英泉先生であるらしいと常次郎は察した。ぱりっとした濃紺の着流しに、一分の隙もなく整えられた色気のある月代。近づくと鬢付け油の爽やかな香りが漂う。

ははあ、さすが美人画と春画の世界で渓斎英泉ありと謳われるほどの達人なだけはあるな、と常次郎は圧倒された。一目見ただけで女たらしだと分かる。一体この男は、今までに何人の女を泣かせてきたのだろう。

「そもそも、アンタ物心ついた頃から先生の枕絵に囲まれて育って、もう十かそこらの歳から枕絵を描く手伝いもしてたんだ。お栄ちゃんにとっちゃ、あんなもんとっくに見飽きた、市松模様と何も変わらねえただの柄の一つだろうよ」

「それにしたって、二十六の娘の前でする話じゃねえ！」

「だいたい、お栄ちゃんだって相当な好き者で、嫁ぐ前はしょっちゅう隠れて描いてたじゃないか。見目麗しい児小姓（こごしょう）が、同輩の――」

「うるさいんだよこの淫乱野郎！　若い衆が見てる前でなんてこと言うんだい！」

　お栄は柄にもなく顔を真っ赤にして英泉を叱りつけ、そのまま顔を伏せて黙りこくってしまった。それを見て常次郎は、これは英泉先生とお話しできる絶好の機会が来たと、勢い込んで英泉の前に進み出た。

「先生、僕は露木常次郎と申します。北斎先生に弟子入りしてそろそろ一年になります。以後お見知りおきくださいませ」

　すると英泉は、感じのよい口調で返事をしてはくれたが、ちょっと面倒くさそうな表情を浮かべた。

「おうおう、そうか先生の新弟子か。そいつはいろいろと難儀だろうな。頑張れ」

「先生の美人画ってとても斬新で、昔から僕の憧れだったんです」

「ほう、そうかい。そいつぁ光栄だなァ」

そうは言うものの、英泉はちっとも光栄そうではない。常次郎と話しながらも、目線はチラチラと横にいるお栄のほうに向かっている。

「先生が描かれるあの特徴的な美人って、なんだか不思議な凄みがあって、僕大好きなんですよね。本当に素晴らしいです。先生は、一体どんな修業をしてあの美人にたどり着いたんですか？」

返事がない。

常次郎が戸惑いがちに「先生？」と呼びかけると、慌てて返事をした。

「え？　あぁ……まあ気が付いたら描いてたというか、そんなもんだ。別にたいしたことはやっちゃいねえ」

「そうなんですか？　すごいなぁ、気が付いたら描いてたなんて！」

「いやいや、まあ常次郎もせいぜい頑張ったらいい」

なんだか一向に話が盛り上がらず、常次郎は困ってしまった。

彼が一生懸命に話を広げようとしても、英泉の答えはどうにもそっけない。表面的には人当たりよく接してくれてはいるが、明らかに心ここにあらずという感じだ。

「先生も昔、北斎先生に弟子入りされていたのですか？」

常次郎がそう尋ねると、英泉が答えるよりも先に、お栄が憎々しげに横から口をはさんできた。

「弟子なんかじゃねえ。こいつは十年ほど前にたまたま近所に住んでただけだ。それで、我が物顔でうちに上がり込んで、勝手にうちの食い物を食ったり昼寝したりしてたんだ。本当にろくでもない奴だよこいつは」

その途端、露骨につまらなさそうだった英泉の顔がパアッと明るくなった。

「何を言ってんだよお栄ちゃん、冷たいなあ。昔はよく一緒に遊んでやった仲じゃないか。あの頃のお栄ちゃんは本当に可愛らしかった」

「うるさい。そういう話はうちじゃなくて、自分ちでやんな。とっとと帰れ、この雲助野郎が」

英泉はうれしそうに自分からベラベラと陽気にしゃべる。さっきまでの、常次郎に対する淡白な態度とは大違いだ。

「ひどい言われようだ、俺は悲しいよ」

「露ほどもそんなこと思ってないくせに白々しい。女に色目ばっかり使いやがって」

過去に何があったのかは分からないが、お栄は英泉のことを見るからに毛嫌いしている。それなのに、お栄にどれだけ冷たくあしらわれようが、英泉はまったく動じる様子はない。むしろ、お栄との掛け合いを楽しんでいるようにすら見えた。

うわぁ……。なるほど、生粋の女たらしか、この人。

女と話すのが何よりも大好きで、初対面の男になんか一切興味はないんだな——

ようやく常次郎はそのことに気が付いた。一見すると愛想のよい常識人のように見えて、この人も癖がひどい。

「そういう訳で常次郎、俺も先生に昔、いろいろと教えて頂いたことがあってな。それで久しぶりに先生をお訪ねして、己の画業がどの程度のものになったのかを見て頂いていたんだ」

「何が己の画業だ。持ってきたの、ほぼ全部が枕絵じゃねえか、この助平野郎」

「ははは。まあ先生も、老いてますますお盛んなお方だからなぁ」

「もう帰れ。そして二度と来んな、こんちくしょう！」

「はは、困った困った。こりゃあすっかり、お栄ちゃんに嫌われてしまったみたいだ」

「アタシはもう何年も前から、ずっと嫌い続けてるよッ！」

お栄と英泉がそんな噛み合わないやり取りをしていると、奥の部屋から北斎が血相を変えて、どすどすと足音を立てながら向かってきた。

「常坊！　常坊は今日は来てねえのか？」

その姿を見て、お栄が深いため息をつき、観念したように首を左右に振る。

「はい先生。常次郎はここにおりますが」

すると、北斎はなんのためらいもなく単刀直入に常次郎に命じた。

「おう常坊。いいところに来た。服を脱げ」

「はあ？」

「服を脱げっつってんだよ。褌（ふんどし）を取って魔羅（まら）を見せろ」

「はああ？」

「英泉の枕絵を見て、俺も久しぶりに描きたくなったんだよ。だから見せろ」

いきなり何を言うのかこの師匠は。猫を描くから猫を連れてこい、鼠を描くから鼠を連れてこいときて、ついに魔羅を描くから魔羅を見せろときた。

「はあああ？　嫌ですよそんなの！　自分の見て描いてください」

「俺はもう勃たねえ。だからおめえのを見て描く。若えから大丈夫だろ」

「大丈夫なわけないですよ！　いいかげんにしてください！」

「なんだと？　てめえ師匠の言うことを聞けねえってのか？　あの伝説の枕絵師、鉄棒ぬらぬら先生が十年ぶりに筆を執る気になったんだぞ！　この機を逃したら、江戸じゅうの男衆が嘆き悲しむぞ。さあ魔羅を出しやがれ常次郎」

慌てて逃げ出した常次郎のあとを、「こら常坊！　逃げるな！　魔羅を見せろ！」と大声で怒鳴りながら、六十八歳とは思えない足の速さで北斎が追いかけていく。隣近所の人たちが、一体なんの騒ぎかと一斉に表に出てきた。この様子では明日にはもう、北斎の新たな奇行が近在にすっかり知れ渡っていることだろう。

「だから、とっとと帰れってアタシは言ったんだ……」

深いため息をついて頭を抱えるお栄に、英泉が全くの他人事といった風情で呑気なことを言う。

「あいかわらずだねえ先生。俺が入り浸ってた頃は、先生は自分のを見て描いてたからよかったけど、こりゃ常次郎も大変だなぁ」

自分が持ち込んだ枕絵のせいで常次郎が災難に遭っているというのに、英泉は反省するそぶりも見せやしない。お栄が憎々しげに、吐き捨てるように言った。

「本当に、どうしてこう、うちの門下にはろくでもねえ奴しかいねえんだよ……」

だが英泉は、さも自分はまっとうな人間だとでも言わんばかりの調子で、あっけらかんとした笑みを浮かべながら答えた。

「ろくでもねえ奴って、誰のこと？」

「おめえのことだよ馬鹿たれ！」

　お栄が怒鳴りつけると、英泉は半笑いで答えた。

「え？　ちょっと待ってくれよお栄ちゃん。何を言ってんだ。先生の周りで、俺くらいまっとうな人間はいないだろ」

「ろくでもねえ奴に限って、自分では己のことをまっとうだと思い込んでんだよ！」

「俺はまともだってば。ひどいなぁ……」

　英泉の様子はさっきから柳に風である。お栄は腕組みをして嘆いた。

「まったくよぉ、最近は特に、ろくでもねえ奴がろくでもねえ奴をどんどん引き寄せて、雪だるま式に増えてきてる気がする。なんだい？　うちはろくでもねえ奴らの吹き溜まりかい？」

　すると英泉は、くすくすと笑いながら他人事のように言った。

「しょうがねえよ。だって、うちは先生が一番ろくでもねえ」

三．画狂老人と阿蘭陀人

金がねえなあ。金がねえ。

それが北斎のいつもの口癖だった。天下一の大絵師なだけに、版元はひっきりなしに北斎のもとに企画を持ち込んでくるし、画工料も普通の絵師の倍はもらっている。それなのになぜか、この大絵師はいつも金がない。

「だいたいねぇ、そんなに金がねえ金がねえって嘆くくらいなら、先生もまず、いいかげん金の種類くらい覚えたらいいんですよ」

「しょうがねえんだよ。おとっつぁんは興味ねえもんにはとことん興味ねえから」

お栄も、はなから諦めきっている。

北斎は、ついぞ金勘定をしたことがないのである。

飯屋や炭屋が掛け売りの代金を取り立てにくると、版元が持ってきた画工料の紙包みを、中身も確かめずにそのまま渡して「取っとけ」と言って終わらせてしまう。

それで渡した額が足りなければ、飯屋や炭屋は不足分を払えと言ってくるが、多めに渡してしまった時に、これでは頂きすぎですなどと言って返してくれるようなお人好しがいるわけもない。こんな体たらくで、金が貯まるはずがないのであった。


以前、金払いのあまりの杜撰さを見かねた常次郎が、ちゃんと相手から請求の金額を聞いて、せめてそれに近い金額だけを渡すようにしてくださいと北斎を諭したことがある。すると北斎が平然とした顔で、

「そもそも、この包みの中に入ってる粒のうち、どれが一分金で、どれが一朱金なんだ。どいつもこいつも爪よりも小さくて分かりづれえんだよ。豆板銀はどうやって使うんだ。銭は何枚集めれば一両になるんだ」

などと言いだしたので常次郎は絶句してしまった。

生活力がすっぽりと欠落してしまっているこの大絵師は、現在市場に流通している貨幣の種類すら知らずに、もう六十八年間も生きてきたのである。それでも今まで食い詰めて死なずに生きてこられているのだから、これは逆に、ある意味すごいことなのかもしれない。

「あんだけ金勘定にいいかげんだからさ、おとっつぁんは商売人連中に人気があんだよな。おとっつぁんが引っ越すと近所中の飯屋が泣いて悲しむって言われてんだ」

それはそうだろう。中身も一切確認しないで包みのままポンと大金を渡してくるようなボケた爺さんだ。彼らにしてみたら絶好のカモにちがいない。

そういえば画材屋も飯屋も炭屋も、北斎のもとにツケ払いの取り立てに来る時は、どいつもこいつもやけに腰が低くて愛想がいいなと思っていた。

それを見て常次郎は最初、はは あ、さすがは大絵師・葛飾北斎先生ともなるとすごいものだなと誇らしく思ったものだった。北斎先生ほどのお方になると、飯屋や炭屋ふぜいにまでその雷名が轟いていて、誰もがその威風にひれ伏しているのだ、などと常次郎は勘違いしていたわけだが、なんのことはない。彼らは単に、葱を背負った鴨が逃げないように必死で機嫌を取っていただけのことだった。

「ああ金がねえ。金がねえなあ」

その日も北斎は、いつもと同じようにブツブツと呟いていた。まったく、また先生のいつもの馬鹿な嘆き節が始まったよと、常次郎は絵筆を止めることもなく黙って聞き流した。

だいたい、本当に金のない人間は、そもそも金以前に仕事がないものだ。北斎の場合、仕事は山ほどあって、いまごろ豪華な御殿の一つや二つ建っていてもおかしくないほどの収入があるのに金がないのだから救いようがない。

しかも、本人は馬鹿な金の使い方をしている自覚が一切ないのである。飲む打つ買うは一切しない。朝起きたら絵を描いて、昼には絵を描いて、夜には絵を描いて、そしてその合間に飯を食うだけという修行僧のような生活を送っているのに金がないというのだから、さっぱり訳が分からない。

あとほんの少しだけ、この天下一の絵師に人並みの常識と金銭感覚が備わってさえいれば、本来こんなボロ長屋で汲々と糊口をしのぐ必要などまったくないはずなのだ。

見かねたお栄が、北斎をどやしつけた。

「おとっつぁん。そんなに金がない言うのならさ、ちったぁこの絵を手伝ってくれたっていいじゃないかよ」

「あぁん？　嫌だよその絵。つまんねえんだもん」

言い分がまるで三歳の童子だ。それなのに、本人はまったく悪びれる様子もない。

「嫌だとか言ってる場合じゃないだろ、おとっつぁん。加比丹(カピタン)は即金払いだから、この絵は納めりゃその場で金がもらえる。いますぐまとまった金を作るなら、この絵を仕上げて長崎屋に持ってくのが一番なんだよ」

「でもよう、描きたくねえもんは、描きたくねえ」

本当に困った先生だ、と常次郎は嘆息しつつ、慣れない画法に苦戦しながら目の前の絵に慎重に筆を落としていた。

常次郎とお栄がいま取り組んでいるのは、西洋画である。

長崎にあるオランダ商館のカピタン（商館長）は、江戸で一番の絵師として有名だった北斎に、しばしば日本の絵を発注した。

ただし今回の注文は少し風変わりで、最初に西洋画の見本を何枚か渡されて、これと同じような描き方にしてくれと指図してきたのだった。それで常次郎たちは仕方なく、見よう見まねで西洋画に似せた描き方で注文の絵を描いているのである。

常次郎が担当したのは、花魁（おいらん）とそれに付き従う幼い禿（かむろ）の絵だった。

それはあまりにも陳腐で、面白味のない画題と構図の絵だった。もし浮世絵としてこんなものを版元に提案したら、鼻で笑われて二度と注文が来なくなるだろう。ところが、今回の注文主はこのつまらない下絵を「日本の風俗が分かりやすい」と言って大喜びで採用したそうである。常次郎は見たことのない異国の注文主の顔を想像しながら、阿蘭陀（オランダ）人の考えることはさっぱり分からないなあと溜め息をついた。

「阿蘭陀人は、なんにでも影をつけたがるんですね」

「そうだねえ。でも、阿蘭陀人の絵を見たあとで改めて周りの景色を見回すと、たしかにあらゆるものに影は必ずある。アタシたちがそれを描いてないだけだ」

「ええ。こうして真似して描いてみて、僕も初めて気付きました。ただ、かといって闇雲に影を描いときゃ姿形が似るかっていうと、そういうもんでもない」

　そう言って、常次郎は自分が描いた花魁の絵を不満そうに眺めた。

「これだったら、影がないほうがよっぽど自然に見えますよ」

「うーん。だけどあいつら口うるさいから、浮世絵みたいにのっぺりと影なしで描くと、注文と違うって言って怒るだろうしなあ……」

　お栄も腕を組んで黙りこくってしまった。

　彼らの目の前には、光源の位置などは一切考慮されず、すべてのものに同じように光が当たったような、稚拙な陰影がほどこされた珍妙な日本画があった。一体これをどう修正すれば自然な陰影になるのか、西洋画の知識を一切持たないお栄と常次郎にはさっぱり見当もつかなかった。

「なあ、おとっつぁん。これどう直せば自然に見えると思う？」

「あぁ？　俺に分かるわけねえだろ。あいつらの描き方なんだからよ。そんなもん加比丹に聞きやがれってんだよ」

「もう。おとっつぁんの阿蘭陀人嫌いもいい加減にしとくれよ。あんただって画工の端くれだろう。請け負った仕事もちゃんとこなさねえで、何が天下一の大絵師だ。だいたい、この仕事を取ってきたのはおとっつぁんだし、おとっつぁんだって最初は、これはいい仕事だって大喜びしてたじゃないか」

「うるせえ！　いろいろあんだよ！　口ごたえしねえで、てめえは手を動かせ！」

最後は理不尽な悪態でごまかしながら、北斎はふらっと外に出て行ってしまった。

「あ。逃げやがったなちくしょう。おとっつぁん！　待てこの野郎！」

お栄は舌打ちをしたが、捕まえて無理に連れ戻したところで素直に描いてくれるような人ではないことは重々承知している。なので追いかけはせず放っておいた。

北斎が出て行って、長屋の中はお栄と常次郎の二人きりになった。

二人だけの室内はしんとして、紙が擦れる音と筆が走るかすかな音しかしない。黙りこくってしまったらなんだか変な空気になってしまいそうで、常次郎は必死に話題を探した。

「先生は、阿蘭陀人が嫌いなんですね」

「ああ。筋金入りの大嫌いだよ」

「だったら、加比丹からの注文なんて受けなきゃいいのに」

「加比丹は金払いがいいからな。あと、異国人に俺の絵を見せつけてギャフンと言わせてやりてえっていう見栄もあるんだろ」

うーんと言ってお栄が伸びをした。慣れない作業なのでなかなか筆は進まないし、やたらと肩が凝る。集中力もすぐに途切れがちだ。

「何か、阿蘭陀人を嫌いになるきっかけがあったんですか」

お栄は無言でうなずいた。

「かなり昔の話らしいんだけどな。なんでも、おとっつぁんがまだ駆け出しの絵師だった頃に、阿蘭陀の医者に足元を見られたらしいんだ」

「阿蘭陀人と金で揉めたんですか？」

「そう。その頃はアタシもまだ生まれてなかったから、大人になってから話で聞いただけなんだけど」

お栄は座り直すと、再び筆を動かしながら、北斎から以前に聞いた話を語り始めた。

「その時、おとっつぁんは加比丹と医者から、二巻つづりの絵巻物を描いてほしいという揃いの注文を受けたらしいんだ。それで、加比丹用と医者用に、まったく同じ内容の絵巻物を描いた」

「へえー」

「で、そいつを納品したら、加比丹は約束どおりの金をきっちり払ってくれたんだけど、医者のほうは受け取る段になっていきなり、『自分は加比丹ほどいい俸禄をもらってないので、半額にまけてくれないか』とか言いだしやがった」

途端に常次郎が顔をしかめた。

「ああ、それ先生に一番やっちゃいけないやつだ」

「だろ？　そういう、あとから梯子を外す奴、おとっつぁん大嫌いだよな。それでおとっつぁんもカッチーンと頭にきて『注文の時に最初からそう言ってくれりゃ、こっちも彩色の色数を落とすとかしてちゃんと半額の絵を描いたのに、いまさら何を言うんだ』と文句を言ったらしい」


常次郎はオランダ人など会ったことも見たこともない。

噂では、彼らは肌が幽霊のように白くて鼻は天狗のごとく隆々としており、髪の毛は紅く目は碧色で、まるで鬼みたいに背が高いというではないか。そんな化け物相手に、よくもまあそんな威勢よく食ってかかれるものだと、常次郎は半分尊敬し、半分呆れた。

「阿蘭陀人って、いつもそんなこと平気で言ってくるんですか」

「アタシは阿蘭陀人と会ったこともねえから知らねえよ。でも、おとっつぁんに言わせると、あいつらはたいてい日本人を見下していて、とりあえず無理難題を言ってておけば通るもんだと思ってるらしい」

「へー」

北斎くらいの大絵師になると、商売相手はこの国を飛びだして、海の向こうの阿蘭陀人とも丁々発止のやり取りをすることになる。なんだか気が遠くなるような話で、常次郎にはその光景を想像すらできなかった。

「で、おとっつぁんがそう文句を言ったら、医者もすぐに謝ることは謝ったそうなんだ。でも、じゃあ最初の注文どおりに素直に金を払うかと思ったら、『すまんすまん、それならば半額を支払うから、二巻のうち一巻だけを買わせてくれ』なんて往生際の悪いことを言いだしやがった」

「うわあ……なんか腹立つ医者だなあ……」

「二巻つづりで作った絵巻の半分だけを売っても、残った半分になんの意味もねえよな。こんなの、ただの嫌がらせだよ。

それで、おとっつぁんはもうどうにも堪忍袋の緒が切れちまったらしくて、『なんだてめえ、最初から金がねえ素寒貧のくせにこの俺に絵を頼もうたぁいい度胸だ、ふざけんな馬鹿野郎』って啖呵を切って、医者に描いた絵巻を売らずに二巻とも持って帰ってきちゃった」

「いかにも先生らしいですね」

「まあね。一分金と一朱金の区別もつかねえくせに、そういうとこはやたら敏感に筋を通そうとするからな、うちのおとっつぁんは。

まあ、受け取った金をろくに改めもしないから、医者が二巻受け取ってしれっと半額を渡してても、きっとおとっつぁんは全然気付かなかったとは思うけど」

お栄がそう言うと、常次郎はその光景が目に見えるようでくすくすと笑った。

沈黙が気まずくて振った話だったのに、お栄が語る師匠の昔話が面白すぎて、常次郎は筆を持つ手が思わず止まってしまった。お栄もすっかり描く気をなくして、とっくに筆を置いている。付け焼き刃の西洋画があまりにも上手くいかないので、二人ともすっかり心が折れているのだ。

「ちなみにそれ、なんの絵巻だったんですか?」

「なんでも、ある商人が生まれてから死ぬまでの一生を描いたものだったらしいんだけどさ、阿蘭陀人には面白いのかもしれないけど、江戸の人間はそんなつまらねえもん、誰も欲しがるわけはねえわな。

で、おとっつぁんの前の奥さんもそれでカンカンに怒っちまったらしくてさ。『ほかの客に売れるはずもねえ、こんな無意味なもん持ち帰ってくるとはどういう了見だ、うちは金がねえんだぞ、せっかくお医者様が一巻は買ってくれるって言ってくれてんだから、一巻だけでも売って半分金もらってくりゃよかったじゃねえか、この役立たず』って言って大喧嘩になったらしい」

「あはは。まともな金勘定ができる人間なら普通そうしますよね」

「ああ。阿蘭陀医者のほうもたまげたろうな。軽い気持ちで吹っかけた相手が、まさか、生まれてこのかた金勘定なんてしたこともねえような、途方もない大馬鹿者だとは思いもしなかったろうよ」

「医者もとんだ災難ですね」

「おとっつぁんはおとっつぁんで、奥さんに怒鳴られてもケロッとしてて、『ここで阿蘭陀野郎の約束違えを呑んで黙って一巻売っちまったら、江戸の職人は値切れば折れるといって舐められる。それだけは絶対にできねえ』ってくだらねえ意地張ってるし、奥さんは奥さんで、『何を寝ぼけたこと言ってやがるんだこの大馬鹿者、うちは金がねえんだよ』ってわんわん大泣きするわで大変だったたって」

「地獄絵図だなあ……」

「ま、でも最後はその話を聞いた加比丹がびっくり仰天して、こんな不義理をしたら阿蘭陀の恥だと言って医者を叱りつけて、詫びを入れてくれたらしいんだけどな。それで、加比丹が医者の分の金も払って二巻ちゃんと買い取って、お詫びに追加の注文も入れてくれた。

だからきちんと一件落着はしたんだけど、その件ですっかり嫌気がさしちまって、それ以来おとっつぁんはずっと阿蘭陀人嫌い」

ちょっと外の縁台でひと休みしましょう、お茶を淹れますね、と言って常次郎は立ち上がった。とは言っても、炊事を一切しない北斎の家は湯を沸かすための薪も置いていない。近所の茶屋に金を払って茶を淹れてもらい、土瓶と湯呑みごと借りてくるのである。

常次郎は茶と一緒にみたらし団子も買って帰ったが、お栄は甘いものをほとんど食べない。私はこれでいいやと言って、今朝の食べ残しの漬物をちびちびとつまんでいる。

「先生が阿蘭陀人嫌いなのはよく分かりましたけど、でも今回の先生、ちょっと変じゃないですか」

「おとっつぁんはいつも変だよ」

「いや、そういう変じゃなくて……ホラ、先生ってちゃらんぽらんでも、仕事は納期どおりにきっちり仕上げるお方じゃないですか。それなのに今回、こんな風に注文を放り投げて逃げちゃうなんて、なんだか先生らしくないなぁ」

　お栄は漬物を噛みしめながら、やれやれと溜め息をついた。

「そうなんだよ。だいたい今回の注文は、普通じゃなかなか手に入らない本物の蘭画を手本として堂々ともらえるってんで、おとっつぁんも最初は喜んでたんだ。あいつらの絵をじっくり研究して、蘭画の技法を全部盗み取ってやるんだって意気込んでたのに……」

「なあんだ。先生だって阿蘭陀人の描き方を学びたいんじゃないですか。それなのにあんなに描きたがらないなんて、やっぱりおかしいですよ」

　お栄は腕を組むと、猫背をさらに折り曲げて、うーんと下を向いて唸った。

「去年、長崎屋に行ってからなんだよな、おかしくなったの」

「長崎屋？」

「加比丹が江戸にやってくる時の定宿だよ。去年、おとっつぁんは長崎屋に行って加比丹に会ってるんだけどさ、きっとその時に何かがあったんだ」

「何か……ですか？」

「ああ。おとっつぁんが全然教えてくんねえから、詳しいことはアタシも知らない。ただ、あとで聞いた話だと、どうやらおとっつぁんはその時、加比丹お抱えの『しいぼると』って医者と大喧嘩しちまったらしいんだ」

常次郎は呆れて大声を上げてしまった。

「また阿蘭陀人の医者ァ？　今度はどんなことで喧嘩したんですか？」

「今回は金の話じゃなく、たぶん絵のことだと思う。あの後、下絵の直しがすごかったから」

「しかしまあ、今回もまた客と大喧嘩して、よくもまあ注文を消されなかったもんですね」

するとお栄はどこか得意げな表情でニヤリと笑った。

「そりゃあそうさ。だって、歌川豊国んところも狩野派も円山派も、全部『しいぼると』の注文を断ってるからな。蘭画の技法で絵を描けなんていう馬鹿げた注文をホイホイ受けちまうような酔狂な画工、うちくらいしかいねえだろうよ」

お栄と常次郎がそんな話をしていた頃、北斎は一人、ぶつくさと文句を言いながら両国橋に向かって歩いていた。

「あのくされ阿蘭陀人医者が。あいつは絵のなんたるかを何ひとつ分かっちゃいねえ。あれが絵師にものを頼む態度か」

西洋画の技法で絵を描けという奇妙な注文を受けた数か月後、普段は長崎の出島から一歩も外に出られないカピタンが、将軍への定期的な謁見のために江戸に参府することになった。

これはちょうどよかったと北斎は喜んだ。カピタンが江戸に来るのであれば北斎も会うことができる。カピタンに会って直接、この不可思議な注文は一体どういう意図なのか、どんな絵にしてほしいのか希望を聞いて、それに沿った絵を描いてやろうじゃねえかと北斎は考え、彼らの定宿である長崎屋にカピタンを訪ねた。

そして彼はそこで、カピタンのお抱え医師であるシーボルトと出会ったのである。

「ハジメマシテ。私ハシーボルト、イイマス」

鼻が高く短髪のオランダ人が、いきなり日本語で挨拶してきたので北斎は面食らった。

「なんでえ、あんた言葉しゃべれるのかい」

「チョットダケデス」

通詞に尋ねると、その時シーボルトは日本に来て三年で、日本人を相手に長崎で蘭学の塾を開いているのだという。彼が日本に対して興味津々で、この国のあらゆることについて知りたくて仕方ないということは、その前のめりな態度ですぐに分かった。

北斎はカピタンに対して、前回の注文で描いた絵の感想を尋ねた。カピタンは、とても素晴らしい出来栄えで満足しており、今回も期待していると鷹揚に答えたが、すかさず横に座っていたシーボルトが神経質そうな声で口をはさんできた。

「あの絵に描かれていた調度品はどうやって使うのですか」

「どの家庭にもあるものなのですか」

「なぜこれを描いたのですか」

シーボルトにしてみたら、見たことのない日本の道具が絵の中にいくつも描かれているので、純粋な好奇心でその使い方を尋ねただけだった。

だが、北斎は反射的に「こいつは嫌なやつだ」と思った。

なぜこれを描いたのか？

知るかよ。描いたほうが面白えと思ったから俺は描いただけだよ。

結局シーボルトは最後まで、絵の出来栄えが良いとか悪いとかいう点には一切触れず、絵に描かれていた品物や風俗、服装についてだけしつこく北斎に尋ねてきた。仕方なく北斎も、シーボルトの質問に渋々答えた。

周囲の者がハラハラするほどに北斎の態度はぶっきらぼうだし、シーボルトはシーボルトで、そんな北斎のあからさまに不機嫌な態度を見てもどこ吹く風である。一切気を使うこともなく、ただひたすらに自分の疑問点を延々と質問し続けている。

あまりに北斎の回答が不親切なので、通詞は困りきった顔で、北斎が話した量の三倍くらいの長さの内容をオランダ語で説明していた。

長々と続いたシーボルトの質問が終わると、ようやく新しい注文の絵についての打ち合わせになった。北斎はあらかじめ長崎に向けて、あれこれと趣向を凝らした下絵を何枚も送っている。今日はその中から気に入った下絵を教えてもらうことになっていた。それを北斎が清書して仕上げるのである。ところが、

「コノ着物ノ柄ハ素晴ラシイ。ゼヒ、コノ絵ニシテクダサイ。デモ、横ヲ向イテイルノガ、ダメデス」

シーボルトが開口一番そんなことを言ってきたので、北斎は絶句した。

北斎は、吉原の花魁の絵は阿蘭陀の奴らも珍しがって喜ぶだろうと考え、花魁を描いた下絵を多めに描いて送っていた。花魁のたおやかな美しさが異国にも上手く伝わるように、お栄の助言も受けつつ細かい工夫をこらし、斬新な構図にあえて挑戦してみたりもした。

だがシーボルトが選んだのは、一番陳腐でもっとも分かりやすい、北斎が「まあ間違ってもこれを選ぶことはないだろうが、こういう無難な案も一応加えておこう」と考えて入れておいた下絵だった。はっきり言ってもっともやる気のない案だった。

しかもシーボルトは、それを真正面から描いたものに直せと言う。

北斎は、どうしようもなく陳腐なその絵を少しでもましなものにしようと、あえて正面ではなく横向きに描いていたのである。菱川師宣（ひしかわもろのぶ）の見返り美人図を参考に、着物の柄と曲線的な女性の体の線の美しさを強調することを狙っての工夫だった。

自らの緻密な計算をことごとく無視したあまりにも納得しがたい指示に、北斎は思わず気色ばんだ。

「そんなことしたら、まるで市松人形みたいな絵になっちまいますぜ。突っ立ってるだけでなんの面白みもねえですわ。私は正直、あまりお薦めしませんがね」

「ソレデ結構デス。私ニハ、ソノホウガイイノデス」

「へえ……じゃあ分かりましたよ。この絵は着物の柄はそのままに、横向きを正面に直して描き直す、と……」

「コノ、横ニイル女ノ子ハ、ドウ描キマスカ？」

「はぁ？　禿のことかい？　禿なんてのは添えものだから適当に描いときますよ。着物の柄は花魁と揃いにするのが廓の流儀なんで、そうしときます」

「小サイ女ノ子ダカラ、人形ヲ持タセマショウ」

シーボルトの提案に、北斎は唖然としてしばらく言葉も出なかった。

「……はあ？　お言葉ですがね、しいぼるとさん。花魁道中の禿ってもんは、なりは童女でも、扱いはいっぱしの大人の女なんだ。人形みたいな、子供じみたものを持たせたりはしねえもんなんですよ」

「デモ人形ガ描カレテイレバ、コノ国ノ女ノ子ガ、ドンナ遊ビヲシテイルノカモ、ワカリマス」

「えええ……？」

「ソレカラ、コノ女性ノ髪型デスガ――」

あまりの口うるささに、とうとう北斎の堪忍袋の緒が切れた。

「ええい、しゃらくせぇ！　本当にいちいちうるせえ野郎だな！　分かったよ、いますぐここで下絵描き直してやるから紙と筆持ってきやがれ、こんちくしょう！」

紙と筆がやってくると、北斎はその場でささっと下絵を描いてシーボルトに見せた。まるで迷いのない北斎の描画のあまりの速さに、横で眺めていた長崎屋の主人源右衛門は目を丸くした。

こんな絵にするがよいかと、ふてくされた北斎が乱暴に絵を突きだす。だが、シーボルトは北斎の不機嫌な態度など知らぬ顔で、事務的に修正箇所を次々と指さして伝えていく。その作業が一枚一枚、執拗なまでに繰り返された。

わざわざ西洋画の技法で描けという奇妙な注文もそうだが、シーボルトが選ぶ画題も実に独特だった。彼が求めたのは「日本の生活がよく分かる絵」だ。

端午の節句で母親が息子の成長を祝っている風景や、提灯張りの職人の作業風景など、シーボルトは描く内容をこと細かに指定してきた。北斎にしてみたら、なんでこんなたいして面白くもない、わざとらしい場面の絵を彼が欲しがるのか、さっぱり理解できなかった。

北斎はその場でシーボルトの意見をことごとく取り入れて下絵を修正し、最終的には、その殴り描きされた下絵がすべて採用されることになった。彼が苦心惨憺しながら描き上げて事前に送っていた、あらゆる趣向を凝らした精緻な下絵はすべて無駄になった。

あの医者野郎、いまに見てやがれ。

北斎は苦虫を嚙み潰したような顔をしながら、両国橋に向かう道をゆっくりと歩いていく。青い空に小さな雲がひとつ、ふたつ。ぽかぽかとした陽気がやけに気持ちいい日だ。

北斎の脳裏にふと、何十年も昔の景色が蘇ってきた。

そういえば、生きてた頃の蔦屋重三郎も、絵の内容にいろいろと意見してきたうるせえ奴だったなぁ。あいつにもよく、その場で下絵を描いて直させたっけ。

でも、違う。蔦屋とあの阿蘭陀医者の野郎は、全然違う——

読本や錦絵で次々と新しい趣向を繰りだし、江戸中の人々を魅了した出版界の革命児、蔦重こと蔦屋重三郎が亡くなってもう三十年近くが経つ。

蔦重と丁々発止のやり取りをしていた頃の北斎は、まだ二十代から三十代かそこらで血の気も多かった。版元の蔦重が、絵師の北斎に対してあまりにもずけずけと絵に関する意見を言ってくるものだから、北斎も我慢の限界に達して、

「ええい。そんなに口出ししやがるんなら、いちいち家に持ち帰って描き直すのもめんどくせえ。いますぐこの場で描き直してやるから、どこがまずいか指さして教えや

がれッ！」

と怒鳴りつけて、その場で議論しながら下絵を描き直して絵の構想を仕上げていったものだった。

ああ、あれは楽しかったなぁ――

北斎は一晩寝れば良かったことも悪かったこともすべてを忘れ、およそ昔のことを懐かしむようなことのない人間である。彼がこんな感傷的な気分になるのは、とても珍しいことだ。

いつもニコニコと機嫌よく、悪餓鬼みたいな笑みを浮かべながら「なあなあ、先生よう」と話しかけてくる蔦重の人懐っこい声が聞こえるような気がする。

川沿いの道を歩いてゆく北斎の横で、隅田川の川面がどぷん、どぷんと重い音を立ててのんびりと上下していた。

蔦重との打ち合わせでは、どんなに手厳しい口出しをされても北斎もあとに引きずるような怒りはなく、むしろ長時間の激論を戦わせたあとには爽快感すらあった。

蔦重本人には絵の素養などまったくないのに、彼の指摘はどれも的確だった。そこには、より客の目を楽しませる面白い絵を届けたいという、彼の確固たる信念があった。だからこそ北斎も本気でその指摘に応えたし、実際、蔦重との議論を終えた絵はいつも、北斎が最初に提示した案よりもずっと面白いものになっていた。

しかし、シーボルトからの指摘にそのような信念はひとつもない。

こいつぁ、この国の図鑑を作りてえだけなんだな――

北斎はシーボルトの指示から、そんな彼の意図を感じ取った。

シーボルトの目的は、鎖国中で情報に乏しい日本という国の姿を、できるだけ克明にオランダに伝えることなのだ。だから、日本の行事や文化がよく分かる画題を選び、描かれる品もできるだけ正確に、情報量が多くなるように描くことを希望してくる。

その結果、絵としては退屈でなんの面白味もなくなったとしても、それはシーボルトにとってはどうでもいいのである。彼はあくまで正確な「日本図鑑」が欲しいのであって、別に「絵師・葛飾北斎」の絵を鑑賞したいわけではないのだから。

人並みの感覚を持ち合わせていれば、ここで多少の勘がはたらいて、外国人にこんな絵を渡したら幕府のお咎めを受けるかもしれないと身構えるところだ。

だが北斎は、そんなことには微塵も思い至ることもなく、自らの絵に対するシーボルトの態度について、さっきからぷりぷりと腹を立てていた。

この野郎。絵師をなめるのもいいかげんにしろよ――

いい金になるし西洋画の勉強にもなるので、それまではカピタンからの注文に喜々として取り組んでいた北斎が、シーボルトに会って以来、その手がぴたりと止まってしまった。仕方なくお栄が常次郎などの門人たちを駆りだして、北斎の代筆をしてせっせと絵を仕上げているのである。

「お栄ちゃん、俺こんな描き方やったことねえから無理だよ。できるかなあ」

「できるかな？　じゃねえよ。やるんだよ！」

お栄が鋭い口調で、ピシャリと北渓さんを叱りつけた。

その日、何も考えずフラリと北斎の家に立ち寄ってしまったのが北渓さんの運の尽きだった。家には殺気立ったお栄が待ち構えていて、

「おう。北渓さん、いいところに来た」

と、有無を言わさず机の前に座らせて、「あんたも、しいぼるとからの注文の絵を描くんだよ！　逃がさないからねッ！」と一方的に宣告したのである。

ほかにも数人、珍しくたまたま師匠の家に顔を出してしまった不運な門人たちがお

栄に身柄を拘束されて、死んだ魚みたいな目をして奴隷のように絵描きをさせられている。

「そんな無茶な……」

「見本をよーく見て、見よう見まねでなんとかするんだ。常次郎だってアタシだって、何も分からないところから、自力でここまでなんとかしてきたんだ。北渓さんあんた、おとっつぁんの一番弟子だろうが。大丈夫、あんたならできる！」

「厳しいなあ、お栄ちゃんは。だいたいなんだいこの紙は。固いし墨をあまり吸わないから、ものすごい描きづらいじゃねえか」

「だって仕方ないだろ。今回の絵は紙と絵の具まで渡されて、これで描けって言われてんだから」

「なんなんだよ、その『しいぼると』とかいう腐れ医者はよ。いちいちうるせえ野郎だなあ……」

「アタシもよく知らねえけど、長崎の登与助さんが言うにはその医者、日本をいたく気に入っちまったらしくて、諸国のくだらないものをいろいろと買い集めてるらしいね」

「そんで俺たちは、その阿蘭陀医者の酔狂に付き合わされてるわけか」

ブツブツとぼやきながら、北渓さんは見本を穴が開くほどじっと見つめて、同じような陰影になるように、ぎこちない手つきで着彩の練習を始めた。しかし何度やっても見本のようにはならない。

「北渓さん。輪郭線を太くしていくような感じで、縁に沿ってこうやって少しずつ薄墨を載せていくと、影がそれっぽく見えるようになりますよ」

横から常次郎が口出しをした。北渓さんが西洋の画法に挑戦するのはこれが初めてだが、常次郎はこの一か月ほどシーボルトの注文にかかりきりなので、こと西洋画に限っていえば一番弟子の北渓さんよりも先輩だ。

「えええ？　正気かよ常次郎。うへえ。なんだか気持ちわりいなぁ……」

「でもホラ、こうするとなんとなく見本っぽく仕上がるでしょ？」

「たしかに見本はこんな感じだな。そうか、顔の縁にこんなに薄墨を載せちまったら真っ黒になっちまうと思ったが、ここまで思いっきりやっちゃっても大丈夫なのか」

「顔だけじゃなくて、全部の輪郭でこれをやるんです」

「はあー。なんとまあ、阿蘭陀人ってのもずいぶんと不思議な絵を描く奴らだなあ。もし役者の大首絵にこんなに影をつけちまったら、夜中に絵から飛び出してきちまいそうで、正直言って薄気味悪いと思うがなあ」

「でも北渓さん、彼らみたいに物の端に影をつけて描けば、物の丸みもうまく絵で表せますし、より本物に近く描こうと思うなら、彼らのやり方は勉強になりますよ」

「まあたしかにそうなんだけどよ……。なんか中途半端に本物っぽくて、俺はどうにも好きになれねえなあ、この絵」

　するとお栄が顔を上げて、きっぱりと言った。

「アタシャ好きだよ、阿蘭陀人の描き方。まあ、全部まるごと真似しようとは思わないけどね。光と影を意識して上手に絵の中で描き分けられれば、面白い絵になるんじゃないかな」

　その目がやけに生き生きとしていたので、ああ、お栄さん何かを掴んだんだな、と常次郎は思った。きっとこれを機に、しばらくすると彼女の絵はまた一皮むけるのだろう。

　それに対して自分は、この蘭画を描いたことで一体何を掴めたのだろうか。

　同じような絵に取り組んで、同じ経験をしているはずなのに、お栄さんはそこから何か自分の血肉になるものを見出し、未熟な自分は今のところ特に何も見出せてはいない。

「もっと考えながらものを見るんだ。なにも考えないでボケッと眺めているから、お栄さんには見えるものが僕には見えないんだ――」

常次郎はそう考えて、もう一度集中して絵筆を取り直した。

居酒屋と炭屋と紙屋と絵の具屋のツケが溜まっている。絵さえ仕上がればすぐに払うと言って支払いを待ってもらっているが、それももう限界に近い。一日でも早くカピタンからの注文の品を仕上げてお金をもらわねばと、追い込まれたお栄は血走った目で慣れない画材と画法に必死で喰らいついていた。だが、試行錯誤をくり返す筆は遅々として進まない。

「人手が足りねえ……早く仕上げないと……人手がほしい……」

うわごとのようにそうつぶやくお栄は、まるで清姫か般若か、今にも頭から角が生え、口が裂けて蛇身に変身するのではないかという凄まじい形相になっている。

勝手気ままな北斎の門人たちときたら現金なもので、普段はてんでんばらばらで互いに連絡もろくに取り合わないくせに、こういう時に限って妙に強力な横の結束を見せはじめた。

いま先生の家に顔を出すと酷い目に遭うぞという話が出回ったのか、ぱったりと誰一人として北斎の家を訪ねてこなくなった。北渓さんと並んで北斎門下の双璧と謳われた「蹄斎北馬（ていさいほくば）」こと北馬さんが、お栄のあまりの窮状を見かねてときどき手伝いに来てくれるくらいだ。

「ああん、もう！　本当にこの薄情者どもめ！　この先、食うに困っておとっつぁんに泣きついてきても、絶対に助けてやんねえからな！」

そんな風に家でお栄が癇癪を起こして一人で吠えているというのに、北斎も北斎で一向にどこ吹く風で、今日も日本橋だの永代橋だの品川だの、ふらふらと朝から出かけていっては夕刻まで帰ってこない。

「お栄さん。やる気のない人をこれ以上当てにしても仕方ありませんよ。絵はもう八割がた仕上がっていますから、ここから先の仕上げは、蘭画の描き方をある程度練習して身に付けてる人でないと、来てもらっても逆に邪魔です」

「……そうかえ？」

「この先、使いものになるとしたら、お栄さんと僕と、何回か手伝ってくれた北渓さんと北馬さんの四人くらいじゃないでしょうか」

一番下っ端の弟子のくせに、もはや常次郎は先輩たちをえらそうに「使いものになる」呼ばわりだ。でも実際問題、西洋の独特の画法は彼らが今まで学んできた絵とは何もかもが違っていて、北斎の弟子として修業を積んだ期間の長さなどなんの足しにもならない。

今回の注文に真面目に取り組んで、手探りで経験を蓄積していったお栄と常次郎がいま、並み居る弟子たちの中では一番の蘭画の名人であることは間違いなかった。

「まあ、言われてみれば常次郎の言うとおりだな。分かった。それじゃアタシは北渓さんと北馬さんの家に行って、縄で縛り上げてでも連れてくるよ」

「ちょっとお栄さん！　何を持っていくんですか？」

ふらりと立ち上がったお栄が、包丁を手に持って出発しようとしたので常次郎は慌てて止めた。

いままでおよそ一度も料理に使われたことのない錆びついた包丁の、初めての用途が弟子の恐喝だなんてシャレにもならない。それに、いまのお栄さんの形相なら、北渓さんの返答次第では本気で刺しかねない。

「やめてくださいよもう。お栄さんは家で続きを描いていてください。北渓さんと北馬さんは僕が呼んできますから！」

常次郎は北渓さんと北馬さんの家に向かう途中、ブツブツと文句をこぼした。

お栄さんもいろいろと突拍子もない人だけど、借りたお金を返さなきゃいけないって意識があるだけまだマシだ。

それよりも問題は先生だよ。実の娘があんなに焦って苦しんでいるのに、どうして平気な顔をして毎日どこかをほっつき歩いていられるんだ。あの人に人間の心はあるのか。先生と比べたら、お栄さんはよっぽどまっとうな常識人だ――

いつの間にか自分の中の「常識人」の基準が、世間一般と比べたらどうしようもないくらい下がっていることに、常次郎は気付いていない。

常次郎が必死に泣き落として北渓さんと北馬さんを家に連れてきて、そこからは四人で黙々と作業をした。作業中もつい、呪詛の言葉が漏れるのを止められない。

「『しいぼると』の野郎、絶対に許さん……」

「あの腐れ医者め、顔を見たらぶん殴ってやる」

「しいぼると……しいぼると……」

「俺はもう二度と蘭画は描かねえぞ……こんなもん、もう見るのも嫌だ……」

四人とも絵を描くのが三度の飯よりも好きだというような人間だが、好きなだけにむしろ、今回の仕事はこの上ない苦痛だった。何が面白いのかさっぱり分からない退屈な題材を、慣れない画材を使って慣れない技法で無理やり描かされるという苦行は、絵をこよなく愛する彼らにとっては到底耐えがたいものだ。

ようやく注文の絵をすべて仕上げ、四人がもぬけの殻のようになって呆然としているところに、北斎がひょっこりと帰ってきた。

「おう、どうしたおめえら。揃いも揃って土左衛門みてえな顔して」

呑気なその言葉に、四人が怒りを爆発させた。

「誰のせいで土左衛門になったと思ってんだよ、おとっつぁん！」

「先生！　いいかげんにしてくださいよ本当！」

「ちょっと先生、さすがにそりゃあ、あんまりじゃないですか」

「はあー。やってられんですわまったく……」


北斎の無責任な言葉に心を折られ、がっくりとうなだれる四人。お栄は北斎の目をじっと睨みつけて、恨みのこもった顔で一方的に宣言した。

「おとっつぁん。この絵、アタシたちも一緒に長崎屋まで届けに行くからね」

「はあ？　何を言ってるんだおめえ。注文を受けたのは俺だぞ」

お栄は連日の気苦労で、顔色は悪く目の下はわずかに落ちくぼんで、ただでさえ迫力のある目力がさらなる凄みを増している。口調も殺気立っている。

「でも、おとっつぁんは全然描いてない。死ぬような苦労をしてこの絵を描いたのはアタシと常次郎と北渓さんと北馬さんと、あとは使えねえ門人どもが何人かだ。だから、描いた全員を長崎屋に連れていけ」

「ふざけんなこの三下が。そんな雁首そろえて長崎屋に行ったところで、おめえら下っ端の人間なんざ、どうせ中に入れちゃくれねえ」

「入れてくれなきゃ、強引に押し入る。この絵を『しいぼると』の奴の眼前に叩きつけて、『どんなもんだい、北斎改め為一の腕前とくと見よ！』って啖呵切ってやらなきゃ、アタシたちはとても気が済まねえよ」

だが、その言葉に北斎は呆れ顔になり、目をぱちくりさせながらお栄に言った。

「何寝ぼけたこと言ってんだアゴ。『しいぼると』はいま、江戸にはいねえよ。将軍様にお目見えして、とっくに長崎に帰ったぞ」

「……はぁ？」

「あいつが江戸に来れるのは、四年に一度、加比丹の江戸参府の時だけだ」

「へ？」

「……おめえまさか、長崎屋に行けば『しいぼると』に会えると思ってたんか」

「だって、おとっつぁんが昨年会ってたから……」

「阿蘭陀人は長崎の出島から出ちゃいけねえってお触れ、おめえもまさか知らねえわけはねえだろうよ。俺が『しいぼると』に会えたのは、たまたま四年に一度の加比丹の江戸参府に当たったからだよ。でなきゃ会えるわけがねえ」

「そんなあ……」

がっくりと肩を落とす四人を見て、北斎はやれやれと溜め息をついた。

「しょうがねえ奴らだなあまったく……。あのな、ちょうどいま、川原慶賀(かわはらけいが)が長崎からこっちに来てるから声をかけといた。

まあ、『しいぼると』本人にはもう会えねえけどよ、慶賀は阿蘭陀商館のお抱え絵師で、『しいぼると』の野郎とも顔なじみだ。あいつに絵を預けて、『しいぼると』から感想を聞いてこさせればいいだろ」

だが、お栄は子供のように駄々をこねた。孤立無援の状態でこの西洋画風の絵を完成させるのが、よほど大変でつらかったらしい。

「なんだよ登与助さんかえ。嫌だよアタシゃ。登与助さんなんかじゃ、なんの面白味もねえや。やっぱり『しいぼると』の野郎に直に絵を見てもらって、目の前で感想を聞かなきゃ、アタシゃもう絶対に気が済まねえよぉ……」

「儂(わし)が『しいぼると』じゃなくてすみませんねェ」

気が付けば、川原慶賀こと登与助がいつの間にか戸を開けて中に入り、土間のあたりに突っ立っていた。お栄はあわてて「あら登与助さんお久しぶり」と裏声で愛想よく挨拶してその場を取り繕ったが、もう手遅れだった。

「『しいぼると』の代わりにもならねえ、面白味のねえ登与助が参りましたよ。どうやらお栄はんは、儂ごときじゃたいそうご不満のようじゃがな」

「あらあらホホホ。登与助さんお気を悪くなさらないでくださいな」


他人にほとんど気を使わないお栄も、さすがに気まずくなって必死で登与助の機嫌をとったが、お栄にボロクソに言われた登与助はムッとしている。

娘以上に他人にまったく気を使わない北斎は、そんな話の流れなどまるで耳に入っていないかのように、唐突に話に割り込んで、機嫌よく川原慶賀に声をかけた。

「おう慶賀、久しいの。長崎から遠路はるばるよく来たな。加比丹と『しいぼると』の注文の絵、言われたとおりにきっちり仕上げたぞ。今回は蘭画で描けという無理難題だったから本当に難儀だった」

「おとっつぁんは何もしてないじゃないか！」

お栄はぶつくさと文句を言いながら、シーボルトが注文した絵を取り出して慶賀の前に並べていった。

「おお。素晴らしか、素晴らしか。さすがは北斎先生、あっという間に蘭画も自家薬籠中のものにしちょるわ。こりゃ加比丹もきっと喜ぶばい」

そう言って慶賀は呵々大笑したが、この褒め言葉はきっと、慶賀の精いっぱいの気遣いなんだろうなとお栄は話半分で受け取ることにした。

川原慶賀は長崎に生まれ育った蘭画の専門家で、その腕前を見込まれてカピタンの肖像画なども描いている。オランダ人から蘭画の技法をきちんと教わり、長年の蘭画の修業を積んだ彼の目からしたら、ただ闇雲に片っ端から陰影をつけてみただけの自分の付け焼き刃の蘭画など、おそらく噴飯もののひどい出来栄えに違いない。

「しかし慶賀よ。どうしてこう、阿蘭陀人ってのはなんにでも影を描きたがるんだろうかね」

「そのほうが本物っぽく見えるからじゃろ。蘭画は本物と見まごうばかりの絵が良しとされよるばい、影をどう描き表すかが肝なんじゃ」

すると、北斎は腕組みをして眉間に皺を寄せながらつぶやいた。

「ふーん。やっぱり、あいつらの考えてることは分かんねえなあ」

「分かんねえ？　どこがですか？」

慶賀は少しだけ気色ばんだような表情になった。

彼は長崎という地縁で蘭画に触れ、日本画にはないその表現の面白さに惚れ込んだ絵師である。

見慣れない奇妙な絵を描く彼のことを、色物扱いして蔑んだり距離を置いたりする絵師も多いが、北斎は、慶賀がカピタンからの発注の仲介役として初めて訪ねた時から、一切のこだわりなく接してくれた。それどころか、蘭画は面白ぇな、俺にも描き方を教えてくれと、ずっと年下の慶賀に対して自分から進んで頭を下げてきたのである。その貪欲な向上心と旺盛な好奇心に心を打たれた慶賀は、その後も江戸に出るたびに必ず北斎の家に顔を出し、親しく付き合っていた。

そんな北斎の口から、まさかこんな言葉が出てくるとは思っていなかったので、慶賀は少々心外だった。

「いや、阿蘭陀の奴らの考え方も分からんでもないよ。俺だって絵師の端くれだ。できるだけ本物に似せた絵を描きてえのは確かだ。だから、蘭画の遠近の表し方も影のつけ方も勉強になるし、心底すげえと思うよ。だが――」

ムッとした顔で睨みつける慶賀に向かって、北斎はあっけらかんと言った。

「本物に似てる絵よりも、本物よりも面白い絵のほうがいいだろ」

北斎の意外なひとことに、そこにいる全員が、彼の言葉の意味を分かりかねてキョトンとしていた。

「……本物よりも、面白い、絵？」

「ああ。久しぶりに今回蘭画をやり直してみたが、改めて俺はそう思ったな。今はもうやめたが、実は俺も若い時分、阿蘭陀の奴らと同じように、ものの姿を正確に描くことこそが絵の究極だと思って、それぱっか追い求めてた時期があってな。それで昔、役者の顔の特徴をできる限り正確に描き表した大首絵を描いてみたんだが、これがまたちぃーっとも売れなかった」

先生が描いた大首絵？　そんなものあったっけ？

常次郎はその言葉に少しだけ引っかかった。浮世絵を語らせると常次郎はかなり面倒くさい。彼は古今東西の浮世絵をあらかた見知っていると自負していたが、北斎のそんな絵はさっぱり記憶にない。

「その失敗で、俺はほとほと思い知ったんだ。客が絵を買うのは、絵に描かれた美人や役者や景色を見たいからじゃねえ。絵をきっかけにして、自分の中にある理想の美人や役者や景色を頭の中で形にしてえのよ。で、実はその時、絵ってのは必ずしも物を正確に表してなくてもいい。むしろ正確すぎると、現実に引き戻されて醒めちまうってのもあるしな」

「そんなもんですかかね？」

常次郎が口をはさむ。見るからにあまりピンときていない表情だ。

「そんなもんだよ。枕絵なんてのはその最たるもんだ。普通に魔羅を描くより、ありえねえくらいばかでっかく描いたほうが、見るほうもはかどるってもんだろう」

「ははは。魔羅なんて先生、そんなもの……」

北斎のたとえ話のばかばかしさに、川原慶賀は冗談だと思って笑い飛ばそうとした。ところが彼の娘と門人たちはそろって「なるほど」「たしかに小さいと寂しいな」などと真面目くさった顔でうんうんと頷いている。なんなんだこの一門は、と慶賀は呆れ返ってしまった。

「いいか。客が枕絵を眺めてる時、客が見てるのは魔羅の絵じゃねえ。夢だ。絵を通して客が見てるのは、ありえねえほどのでっかい魔羅で、いい女を悶えさせて気をやりてえという『夢』なんだ」

北斎の力強い言葉に、北渓さんがぽんと膝を叩いてうなずいた。

「なるほど！　先生、我々が枕絵の客に見せているのは、夢なんですね！」

「そうだ、でっけえ夢だ。でっけえ夢を見せるためなら、絵は必ずしも本物どおりの形、大きさに描かなくてもいい。もちろん、ぎりぎりまで似せる努力は怠っちゃいけねえけどな」

「そうか、夢か……。客に夢を見せるのだと考えれば、多少大きすぎても別にかまわんということか……」

「なんだか元気が出てきますね！　僕たちは客に夢を与えているんですよ！」

「おとっつぁん、珍しくいいこと言うじゃないか」

「よーし俺は描くぞ！　客の夢を掻き立てる、でっかい絵を描いてやる！」

絵の話をしているのか魔羅の話をしているのか、なんだか途中から訳が分からなくなってきたなぁ、と川原慶賀は茫然とした。そして、この変人ぞろいの一門の奇妙な熱気に半分圧倒され、半分呆れながら、ボソリとつぶやいた。

「客が見てるのは夢、ねえ……」

なんだか気宇壮大すぎて、自分にはピンとこない。ただ、少なくとも自分はいままで、そういう発想で絵を描いたことなど一度もなかったなと思った。

「だいたいなぁ、『しいぼると』の奴は全然分かっちゃいねえんだよ」

北斎が文句を言うと、彼の一門の四人は声をそろえて「そうだそうだ」とわめいた。酒も飲んでいないのに、まるで酔っぱらいのような騒々しさだ。

「あの野郎、くそつまんねえ絵を俺たちに描かせやがって」

「こんな絵をありがたがるなんて、阿蘭陀人は馬鹿者か」
「阿蘭陀人の奴らに、俺たちの絵が分かるはずがねえんだ」

そんな風に悪しざまに言われてしまうと、川原慶賀としては立つ瀬がない。彼はカピタンお抱えの絵師として、特別に出島への出入りを許されている。多少のオランダ語の心得もあり、シーボルトやオランダ人たちとも懇意にしている。もちろん文化の違いもあって、オランダ人に対して腹が立ったり理解に苦しむようなことも少なくはない。だが、面と向かって話せば、彼らだって血の通った同じ人間である。冗談も通じるし、恩を施せばちゃんと感謝もしてくれる。

馬鹿者だとか理解できないとか、そんな風に分かりやすい結論を出してバッサリと考えるのを止めるのは確かに楽だ。だが、それで失うものの大きさを知る慶賀としては、彼らの誤解をなんとか解いてやりたかった。

北渓さんが吐き捨てるように言った。

「俺が思うに、『しいぼると』の野郎はどうせ、浮世絵を馬鹿にしてんだよ。そりゃあ、浮世絵は蘭画みたいに影がなくてのっぺりしてるし、近くと遠くの描き分けもできてねえ。だからあいつは、こんな不正確な絵じゃ阿蘭陀人に伝わるわけがねえ、ホレ手本をやるから俺たちと同じように正確に描いてみやがれ、ってな具合で、こんな奇妙な注文をしてきたんじゃねえのか？　どうだ慶賀」

「……そんなことは、なかとですばい」

北渓さんの疑いを慶賀は即座に否定したが、表情は硬かった。

むろんシーボルトは、発注の時にそのようなことは一つも言っていない。だが、彼は普段のオランダ人たちの言動や態度をよく知っているので、彼らが無意識のうちに浮世絵、というよりは東洋の文物すべてを下に見ている可能性は否定できないと感じていた。

黙りこくってしまった慶賀に、北斎が追い打ちをかけるようなことを言う。

「ま、北渓の言うとおりだな。『しいぼると』は馬鹿にしてるわ」

「先生ェ……」

ついに北斎にまでそんなことを言われてしまい、慶賀は泣きそうになった。

日本に興味を持ち、日本のことを母国に伝えたいという気持ちがあまりにも強すぎるせいで誤解されやすいが、シーボルトは別に悪い人ではない。それは普段から彼と接していればすぐに分かることだ。むしろ、オランダ人同士で固まって日本人になかなか心を開かない者がほとんどの中で、彼ほど自分から進んで日本に溶け込もうとする気さくな人間を、慶賀は見たことがない。

そんなシーボルトが誤解されたままであることは、慶賀としても非常に不本意だった。せめて、彼が日本を馬鹿にしているという明らかな間違いだけは、自分の責任として、きちんと否定しておかねばと思った。


「先生、違うんです。シーボルト先生は別に、浮世絵のことを下に見るなんて……」

「本当に、馬鹿にしてやがるよアイツは。腹が立って仕方がねえ」

「聞いてください先生。シーボルト先生の思いは……」

「だいたいよお、阿蘭陀の絵師が俺の絵のすごさを理解できねえなんて、そんな馬鹿なことがあるかってんだよ！」

「それは誤解なんで……え？」

「あの野郎、本当に、自分の国の絵師のことを馬鹿にしてやがる！」

「……は？」

北斎の怒りの方向が思っていたのと少し違ったので、慶賀は意表を突かれた。北斎はそんな慶賀にはおかまいなく、一人でプリプリと憤慨している。

「わざわざあちらの流儀に合わせて蘭画風に描いてやらなくとも、阿蘭陀の絵師の奴らは絶対に、俺の絵のすごさに気付くに決まってんだ。余計な気遣いは逆に邪魔でしかねえってことを、『しいぼると』の馬鹿野郎は全然分かっちゃいねえ！」

「えええ……？」

とんでもねえ自信だな、と慶賀は呆れ返ってしまった。もはや呆れを通り越して、なんだか得体の知れない空恐ろしさすら感じる。

自分の絵がそのままオランダでも通用することを、この先生は露ほども疑っていないのだ。その根拠のない自信は一体どこから来るのか。

「そうなん……ですかね先生？」

「そうだよ。そうに決まってんじゃねえか。あんだけ正確に物を描き写す腕前を持ってる奴らだぞ。あいつらなら絶対、俺の絵を見て面白いと思う」

きっぱりと言い切るその言葉に、一切の迷いはない。

「はあ、そうですか……」

「だってこの俺が蘭画を見て、阿蘭陀の絵師の奴らは本当に面白えなぁと思ってるんだ。ってことは阿蘭陀人の絵師たちだって、俺の絵を見てこいつ面白え奴だなぁって思ってなきゃおかしいだろ」

別におかしくもなんともないのだが、こうも力強く言い切られると、そうなのかもしれないという気分になってくるから不思議なものだ。

「はあ」

「なんてったって、絵に対する考え方が、あいつらと俺たちは土台からまるっきり違うんだもんな。同じ人間が同じものを見て描いてるのに、こうまで考え方が違うんだから、絵ってのは本当に面白えよなぁ。できることなら、阿蘭陀の絵師の奴らと直に会って、絵について一晩中語り合ってみてえもんだよ」

言葉を聞いたこともなければ名前すら知らない、ただその絵を見ただけのオランダの絵師たちに対して、北斎の口ぶりはまるで長年の知己のようである。お栄がたまりかねて、北斎のことを笑ってたしなめた。

「なあ、おとっつぁん。みんなの顔を見てみろってば。呆れ果ててるぜ。みんな心の底じゃあ、そんなわけあるかい、アンタ会ったこともねえ異国の奴らのことをまるで見てきたみたいに自信満々に語ってるけど、そんなもの根拠も何もねえじゃねえか、って思ってるよ」

お栄の言葉に、北斎は大まじめな顔で言い返した。

「根拠ぉ？　そんなもん、絵を見りゃあ一発で分かるわ。こんなすげえ絵を描く奴らなんだぞ。そりゃあ毎日、死ぬほど絵を勉強してなきゃおかしいだろ。で、死ぬほど絵を勉強してる奴なら、自分のいまのこの描き方でいいのかな、もっと面白い描き方はねえのかな、っていつも悩んでるに違えねえんだ」

「阿蘭陀人が、悩んでる……？」

常次郎には、とてもそうは思えなかった。

実際に自分で描いてみて痛感したが、西洋画の正確さに浮世絵は逆立ちしてもかなわない。こんなにも正確な絵を描ける人たちが描き方で悩んでいる？　もう十分すぎるくらい上手ではないか。

「悩んでるに決まってるわ馬鹿野郎。絵を描いていて悩まねえ奴がこの世にいるわけねえだろ。だいたい、この俺だってもう何十年も悩み続けてんだぞ」

たしかに、北斎はそろそろ七十にもなろうというのに、いまだに絵の描き方が分からないなどと言っては常にぼやいている。オランダ人の絵師たちもそれと同じだというのか。

「で、そんな時、俺の絵の面白さはあいつらにとっての救いになる」

きっぱりとそう言い切る北斎の迷いのない目は、途方もない馬鹿者のようにも、とんでもない賢者のようにも見えた。

「なのに、そこんとこ『しいぼると』の奴は全然分かっちゃいねえ。せっかくお互いに土台から違うもんを持ってて、それぞれがそれぞれに面白いのに、なんで無理やり俺たちを蘭画のほうにそろえさせようとするんだ馬鹿野郎が」

北斎は川原慶賀のほうにちらりと目をやった。その鋭い眼光に慶賀はぎくりとした。

「俺の絵は、あれこれ小細工せずに俺の絵のままで阿蘭陀人に見せりゃいいんだよ。変に蘭画風にいじくるより、そのほうがずっと面白えんだから。

俺は蘭画を見ていろいろ考えさせられたんだ。それが確実に、今の俺の絵の中に生きている。だからきっと阿蘭陀の奴らだって、俺の絵を見ていろいろ考えるに違いねえ。それがきっかけであれこれ考えて考えて、最後はあいつらなりの答えを出すはずだ」

慶賀は、蘭画に惚れ込んだ自分が、いつの間にか日本画を格下のように見ていたことに気付いて心の中で秘かに恥じた。日本画の面白さ？　――なんなんだろう、それ。

「そうやって互いに、面白ぇ面白ぇって高め合ってくのが絵師ってもんだろ。国が違っても、言葉が分からなくとも、絵師なら絵師のすごさが分かるんだよ。『しいぼると』の野郎は、蘭画風に描かなきゃ伝わらねぇって大きな勘違いをしてやがるみたいだが、ちゃんちゃらおかしい話だぜ。なめるな馬鹿野郎ってんだ」

そんなの先生が勝手に思い込んでるだけじゃないですか、と常次郎は思った。
でも、もし先生の言うとおりだったらうれしいなと思ったたし、ひょっとしたら先生の根拠のない言い分も、あながち的外れじゃないんじゃないかとも思った。
だって、阿蘭陀人の絵師だって、自分たちと同じ絵師なんだから。

「まあ、そんなわけで俺は『しいぼると』の奴のやり方は気に食わねえが、客がどんなに頓珍漢だろうと、客の要望に応えるのが絵師ってもんだ。
慶賀、こいつを長崎の『しいぼると』のところに届けて、感想を聞いてきてくれ。今回の絵はアゴやうちの門人たちがさんざん骨折りして描いてくれたもんだ。気付いた点があれば今後に生かしてえから、一つも遠慮なく言うようにくれぐれも伝えてくれ」

そして北斎は立ち上がると、背後に積み上がったごみの山のてっぺんに置かれた風呂敷包みを取り、ぞんざいな手つきでポンと慶賀に手渡した。

「それと、こいつは俺から『しいぼると』への餞別だ。お代はいらねえから、黙って受け取りやがれと伝えとくれ」

「へ？　なんですかこれ？」

慶賀が包みを開けると、それは六枚の風景画だった。

「注文の絵はあれを描けこれを描けとうるさかったから、俺のほうで注文とは別に好きなように描いてやった。こいつはすべて俺の勝手な酔狂だから、気に食わなかったら捨ててくれていい」

慶賀はその絵を見て度肝を抜かれた。

描かれているのは蘭画の技法で描かれた両国橋、日本橋、永代橋、品川——絵の説明書きを見なくとも、どの場所の絵なのか一目で分かるほどにその風景描写は正確だった。

それに何より、当時「浮絵」と呼ばれていた遠近法の技法も、蘭画風の写実的な陰影のつけ方も、北斎は文句のつけようがないほど完璧に使いこなしていた。静かな水面に岸辺の建物や船の影が映り込んでいる様子まで、きっちりと丹念に描き込まれている。景色が日本でなければ、オランダ人の画家が描いた素描だと言われても多くの人が信じてしまうのではなかろうか。

それに技法うんぬん以前の問題として、その風景画は作品として、これ以上なく格調高い、静謐な雰囲気を醸し出していた。シーボルトの注文を受けてお栄たちが必死に描いた、どこか不自然で作為が鼻につく蘭画もどきの絵と比べたら、その出来栄えは雲泥の差だった。

お栄はさっきから驚きのあまり目をひんむいて、金魚のように口をぱくぱくさせている。唖然としてしばらく口もきけなかったが、ようやく怒りに震える声を絞り出すようにして言った。

「ちょっと……ちょっと何なんだいおとっつぁん……その絵は？」

「『しいぼると』の奴をぎゃふんと言わせようとして、描いた」

あっけらかんと答える北斎の態度に、お栄の怒りが爆発した。

「描いた、じゃねえんだよこのクソ親父ッ！　常次郎とアタシがひいひい言いながら必死で注文の絵を仕上げてたの、見てねぇとは言わせねえぞ！　アタシらが真面目に仕事してた間、おとっつぁんはそんなもん描いて遊んでたってのかい？」

するると北斎も逆上するように怒鳴り返す。

「遊んでたたぁ、なんたる言い草だ馬鹿野郎！　こちとら『しいぼると』の奴を俺の筆で突き殺すか、逆に俺が奴に斬り殺されるかってぇ勢いで、真剣勝負のつもりで魂を削って一人でコツコツこれを描いてたんだぞ！　俺がこいつを仕上げるために、どんだけ苦心したと思ってやがるんだ！」

「あきれた……。それはこっちの台詞だよ。おとっつぁんが勝手に取ってきて、勝手に放りだした仕事のせいで、常次郎とアタシがどんだけ苦労したと思ってんだい。まったくよう、馬鹿なおとっつぁんを持ったせいで、アタシゃ本当にいつも損してばかりだァ……」

お栄は恨めしそうにわざとらしく大きな溜め息を吐いたが、北斎は露ほども気にする様子も見せない。だいたい、他人への迷惑などを少しでも考えるような人だったら、最初からこんな勝手なことはしないだろう。北斎はむしろ得意げに胸を張って、

「で、どうだ俺の絵は？『しいぼると』の奴を黙らせられそうか？」

と言って、自分の描いた風景画をお栄に見せつけた。

お栄はしばらくの間、込み上げる怒りをこらえるようにして、無言でじっとその絵を眺めていた。

そしてその後、すべてを諦めたようにハアーと長く嘆息して首をぶんぶんと左右に振ると、これ以上なく悔しそうな顔を浮かべながら、吐き捨てるように言った。

「……大丈夫だ。間違いねえ。心底腹ぁ立つけど、絵の出来は最高だ」

三か月後、長崎に戻った慶賀から手紙がやってきた。

そこには、届けられた絵の出来栄えにシーボルトがいたくご満悦の様子だったことや、さすがは北斎、この国で一番の絵師であるとえらく褒め称えていたことなどが書かれていた。

中でも、北斎が勝手に描いて送り付けた六枚の風景画にはシーボルトもカピタンもいたく感動した様子で、

「こんな素晴らしいものを無料で頂いてしまっては、阿蘭陀国の名折れ」

と言って、もらいすぎなほどの大金を慶賀に強引に渡してきたという。その金はあとで北斎にお届けしたいと書かれていた。

この手紙を読んだ北斎は、

「どうせ、風景の描き方が正確で、図鑑として便利だから喜んでんだろ、あいつ」

と憎まれ口を叩いたが、その顔は長いことニヤニヤしていて、やけに上機嫌だったという。

四. 画狂老人と娘

「なんか最近、英泉さん、やたらとここに顔出すようになったと思いません？」

常次郎が、縁台に腰かけて暇そうにしている北渓さんのところに用もなく寄っていって、前置きもなく唐突にそんな話を切りだした。

北渓さんはうんざりしたような顔で、「そうだな」と答えた。

「僕が入門してから一年近く、一回も先生のところに顔を出したことなんてなかったのに、こないだ初めてお会いしてから、なんだか妙によく顔を見ますよね」

「ま、あいつは正式には先生の弟子ではねえし、気ままな奴だから」

美人画と春画の名手、渓斎英泉は菊川派の絵師である。

それなのに彼は、ある時期たまたま近所に住んでいたというだけで勝手に北斎の家に入りびたり、居心地がよかったのか、北斎が隣町に引っ越したあとも彼を慕って家に出入りしているのだった。北斎も何も言わないで好きなようにさせているので、英泉が北斎の門人であると勘違いしている弟子たちも多い。

するど常次郎が、自分はすごいことに気付いてしまったんです、とでも言いたげな表情で興奮気味に尋ねた。

「英泉さんがしょっちゅう来るようになったのって、実はお栄さんが出戻ってきてからじゃありませんか?」

北渓さんは、何を当たり前のことをいまさら、といった風情でめんどくさそうに答える。

「ああ。そうだよ」

「え? 不思議に思いませんか北渓さん?」

「そうか常次郎、おめえは知らねえんだもんな。あのな、あいつは昔からずっとお栄ちゃんに懸想(けそう)していて、でもお栄ちゃんには毛嫌いされてんだ。古い弟子なら誰でも知ってる有名な話だよ。だから、四年前にお栄ちゃんが嫁いでいった時の、あいつの落ち込みようったらなかった」

「そうなんですか?」

すでにみんなに知れ渡っていることをさも驚愕の新発見のように言ってしまい、常次郎は恥ずかしさで顔を真っ赤にした。

「昔からの知り合いだから、一応はあいつもお栄ちゃんの祝言に呼ばれたんだが、祝言の最中にヤケ酒飲んでベロベロに酔っぱらって、汚え野次は飛ばすわ、周りの奴らに絡むわでまあ本当にひでえもんだった。あんな最悪な祝言は、後にも先にもねえだろうな」

「ああ、例のお栄さんの祝言ですか……」

お栄が祝言を挙げた時の話は、常次郎もつい先日お栄から聞かされた。

でも、それってたしか北渓さんも一緒になって、というか参列した人間がみんな一緒になって、うれしそうにひどい野次を飛ばしてたって話だったはずじゃあ――と常次郎は思った。

お栄は二十二の時に、絵師の南沢等明（みなみざわとうめい）のもとに嫁いでいる。周囲よりは少しばかり遅めの結婚だった。その理由が、近在でもすっかり有名だったお栄の破天荒な性格のせいであることは間違いない。渓斎英泉のような物好きは別として、炊事も洗濯も縫い物も掃除も一切しようとしない女を喜んで嫁にもらおうという男はそうそういないだろう。

しかしある時、堤派の絵師である等明がやってきて、ぜひとも娘さんを私にくださいと、北斎にいきなり直談判してきたのである。

南沢等明は、お栄がどんな娘なのか、北斎がどんな人間なのかをろくに知ろうともせず、あの大絵師・葛飾北斎の娘婿になれば栄達も思いのままだ、などという邪悪でまったく見当はずれの野望を抱いてしまっていた。

それで、師匠の堤等琳（つつみとうりん）が北斎と顔なじみだったのを利用してまんまと北斎との接点を作ると、まだ北斎と数回しか会ったことがないというのに、早々にお栄との結婚話を持ちかけたのである。

北斎は北斎で、こんな不細工な女に添いたがる物好きな男もおるめえと最初から諦めていたところに、よく分からんが引き取ってくれるという男が来たものだから、じゃあ持ってけ泥棒、くらいの軽い調子でお栄との縁組をあっさりと承諾してしまった。

そんな経緯の末に行われたお栄と等明の祝言は、参加した者の誰もが後々まで語り草にしたほどの、前代未聞の酷いものとなった。

新郎側の席には、新郎の師匠である堤等琳以下、堤派の錚々（そうそう）たる絵師たちがずらりと並ぶ。

堤等琳は絵馬や幟、提灯などの絵を描く肉筆画の名人として名高く、巨大な工房を構えて実に羽振りがよかった。その弟子たちは厳しい徒弟制度で鍛えられた職人が中心で、誰もがきちんと身なりを整え、礼儀正しく静かに座っている。

それなのに、かたや新婦側の席はといえば、行儀の悪い北斎の弟子たちが締まりのない顔をぶら下げて、まるで我が家のようにくつろいでいるではないか。祝言の席くらい、せめて気の利いた晴れ着でも着て、髪結床に行って髪も整えてくればいいものを、誰もが汚い普段着にぼさぼさに伸びた月代でやってきていて、これでは近所にたむろしているゴロツキと大差ない。

彼らは祝言の席などタダ酒が飲める場くらいにしか考えていないらしく、会が始まる前からもう杯に手をつけて、全員が真っ赤な顔だ。

新郎新婦が高砂の席に着いて宴が始まるや否や、新婦側の席では仲人のあいさつが聞こえないほどのどんちゃん騒ぎが始まった。

花嫁のお栄は、さすがに普段とは違って、何も言わず下を向いてしおらしく座っているが、その盃はいつの間にか、さりげなく乾いている。北斎の門人たちがそれを目ざとく見つけては酒を注ぐのだが、また気付くと中身がすっかりなくなっている。花嫁は普通、三々九度くらいしか盃に口をつけないものではなかったか。

箸でチャンチャカと茶碗を叩いて拍子を取る者と、それに合わせて踊りだす者がいるかと思えば、英泉などは人目もはばからず「お栄ちゃん、なんであんな男と結婚しちまうんだよぉ」と花婿を指さして大声で言い放ち、めそめそと泣きながら周囲の者たちにしつこく絡んでいる。

礼儀にうるさい職人たちが多い堤等琳の弟子たちは最初、北斎の弟子たちの無礼な様子に腹を立てていた様子だった。ところが、ここまで酷い状況だと人間、逆に怒りがひっこんで苦笑いしか出てこなくなるものらしい。

江戸一番の大絵師とその弟子たちが来るというので、堤派の者たちも式の前はずいぶんと身構えていたものだが、葛飾派のこの醜態を見てすっかり馬鹿馬鹿しくなってしまい、そのうち自分たちも地が出てワイワイと無遠慮に騒ぐようになった。

宴もたけなわの頃、上等な黒縮緬(ちりめん)の紋付をきっちりと着こなした堤等琳が、まずは堂々と新郎側の挨拶の口上を述べた。まさに絵に描いたような、貫禄のある見事な師匠ぶりだった。

続いて、新婦の父親であり絵の師匠でもある北斎に挨拶の順番が回ってきた。

江戸一番の大絵師は、実の娘の晴れの門出の席で、一体どんな含蓄のある言葉を発するのだろうか。感動的な餞(はなむけ)の言葉を誰もが期待するなか、北斎は白けたような顔をして、ニコリともせずに言った。

「まあ、うまくいかねえとは思うが、せいぜい頑張れ」

挨拶は、それだけだった。

新郎側の席は誰もが凍りついて、血の気の引いた顔でシーンと絶句している。ところが、挨拶を終えた北斎がよっこいせと言いながら座布団に腰かけるや否や、新婦側の席からは一斉にドッと大きな拍手と笑い声が沸き起こり、

「そうだそうだ」

「どうせ駄目だから、うまく行かなくとも凹む必要はねえぞ！」

「頑張れ婿どの！　気を強く持て！」

などという身も蓋もない野次が次々と飛び交った。そして新郎側の顰蹙(ひんしゅく)などおかまいなしに、ゲラゲラと自分たちだけで大爆笑している。すっかり泥酔した新婦側の列席者たちは、その後も結局、式の最後までなんとも救いようのない醜態を晒し続けたのであった。

そんな祝言で始まった結婚生活が、到底うまくいくはずがなかった。

結婚してもお栄は自分の習慣をちっとも改めることはなく、家事は一切やらず絵ばかり描いていた。等明は下人下女を持つような裕福な家だったからそれでもあまり問題はなかったが、一番の問題だったのは、お栄のほうが等明よりよっぽど絵が上手だったことだ。

お栄にも一応は夫への遠慮があって、嫁いだあとは等明の絵の背景を手伝うなどして、柄にもなく夫の画業を健気に支えたものだった。だが、できあがった絵はどう見ても背景のほうが上手で、誰もがそちらのほうに目が行ってしまう。納品した絵のことごとくが、背景が立派だ、見事な背景だ、と客から評される状態が続くうちに、等明のほうがすっかり参ってしまった。

「なあ、儂の画風に合わせて、もう少し控えめに描いてくれぬか」

情けない顔を浮かべてそう懇願する等明に、お栄はしれっとした顔で答える。

「なんでわざわざ、画風の劣るほうに合わせなければならないんだい。あなたさまの絵をアタシに合わせればいいことじゃないですか」

そんなことを平然と言うお栄にまったく悪意はない。彼女としてはただ事実をありのままに言葉にしただけなのだが、これで等明は絵師としての自信を完全にへし折られてしまった。そして最後は情けなく泣き崩れながら、頼むからいますぐ離縁してくれとお栄に懇願してきたのである。

「僕、英泉さんの描く美人って、なんだかお栄さんに似てるんだよなーって、前からずっと気になっていたんですよ」

「ああ、たしかに目がきついところなんかは、似てるかもしれないな」

「ええ。英泉さんの描く美人っていつも猫背ですし」

そう言って自分の発見を喜々として語る常次郎の表情を見て、北渓さんは彼が内心聞きたがっていることをなんとなく察した。それで助け舟を出してやることにした。

「どうしてお栄ちゃんは英泉のことを嫌ってるのか、知りたくて仕方ねえみてえな顔してんな」

ぎくりと常次郎の顔色が変わる。「そんなことないですよ」と口では言っているが、とても分かりやすいので北渓さんは噴き出しそうになった。

「英泉の奴は慎みがなさすぎるんだよ。あいつ、俺はいままでに何人もの女を泣かせてきたとかいつも豪語してるけど、あいつが相手にしてんのは、酸いも甘いも噛み分けた玄人女ばっかりだからな。

で、あの馬鹿はそれと同じ調子で、まだ常次郎くらいの歳の頃のお栄ちゃんにしつこく迫ったんだ。初心で難しい年頃の娘にそんなことしたら嫌われるに決まってんだろう。それでお栄ちゃんもほとほと嫌気がさして、ああなったってわけだ」

「へー、そうなんですね」

言葉少なだが、常次郎の表情はなんだかうれしそうだ。

本当に分かりやすい野郎だな、と北渓さんは面白くて仕方がなかった。

また、別の日のこと。

北斎とお栄はその日、珍しく絵筆を置いて、玄関脇の縁台に腰かけて昼から二人で川柳を詠んで遊んでいた。

北斎が川柳をひねっているところに横からお栄が口をはさみ、それでたまたま少しいい句ができあがったことで二人とも興が乗った。それで、今日は急ぎの仕事もねえし、よし、いっちょう腰を据えて川柳をやるか、と言って二人で川柳会のようなものを始めたのだった。

しばらくするとお栄は酒を持ちだしてきて昼間からくいくいと飲みはじめ、北斎も常次郎に命じて、近所から好物の大福を買ってこさせた。常次郎は呆れた顔で、彼だけは普段と同じように土間の脇で絵を描きながら、その様子を聞いていた。

べろべろに酔っぱらったお栄が、とろんとした酔眼を北斎に向けながらケラケラと笑って言う。

「おとっつぁん、こんなにたくさん傑作の川柳が揃ったんだ、せっかくだし句集にまとめて蔦屋に摺らせようぜ」

それを聞いた北斎も、機嫌よさげに大福をほおばりながら、

「そうだなぁ。せっかく離縁したんだ。こんなこと一生にそう何度も起こるもんじゃ

ねえし、何か記念が欲しいもんだと俺も思ってたとこだ」

などと意味の分からないことを言っている。

そういう馬鹿な思いつきをすぐ実行に移してばかりいるから、先生はいつも金がないんですよ、と常次郎は心の中で思った。


北斎の趣味は川柳である。しかもその腕前は素人の域を超えていて、優秀な川柳を集めた作品集『俳風柳多留（はいふうやなぎだる）』に何度も採用されているほどだ。

彼は数年前から、川柳を投稿する時に「卍（まんじ）」という号を使っている。人を食ったような名前だが、本人はそこがいたく気に入っているらしい。

ただ、北斎にとって川柳は、完全に自分の楽しみのためだけにやっている娯楽であり、絵のように研鑽を積んで上手になりたいとか名を上げてやろうとか、そういった野心はひとつもない。


親子二人の川柳の詠み合いはいつしか、「お栄の出戻りを記念する川柳会」となって大いに盛り上がった。お栄が元夫の悪口を川柳にすると、北斎は自分の娘があまりに不細工で苦労するなどといったふざけた川柳を詠む。

二人が詠み合う川柳の内容は、まったくもって身も蓋もない、聞くに堪えない悪口雑言だらけなのだが、二人ともそれで腹を抱えて笑っているのだから、横で聞いている常次郎にしてみたらさっぱり意味が分からない。離縁というものは普通、もう少し恥じたり人目に触れないように隠したりするものではないのか。

浜砂に　面めづらしき　嫁菜かな

北斎が新しい紙にそんな川柳を書き散らす。

嫁菜は道端に生える菊の一種で、浜辺の砂地には生えない。浜辺の砂地のように乾いた男所帯に、見慣れない珍しい顔が見える。なんだよ、いるはずのない嫁が戻ってきてるじゃないか、という意味の句だ。「面めづらしき」というのは、お栄のことを不細工だと言い張り、普段から「アゴ」呼ばわりしている北斎が、お栄の風貌をからかってそう詠んだものだ。

「ははははは。おとっつぁん。そりゃあんまりだ」

さんざんな言われようなのに、お栄はまるで自分のことを言われていると思っていないかのように、北斎と一緒になってゲラゲラと笑っている。お栄はお栄で、一体どういう神経をしているのか。

「この川柳にホラ、こうしてこうして、てめえの姿絵をちょちょいと描き足せば、離縁を記念した錦絵の完成だ。句集はちょいと大げさだから、こいつを摺物にして一門衆に配るってのはどうだ」

北斎が慣れた手つきで、紙の左下に素早くお栄の絵姿を描いた。縁台に腰かけて、悠々と煙管を吹かしながら、足を伸ばしてにこやかに笑っている。さも、くだらない夫から解放されてせいせいしたという風情である。

横でその様子を見ていた常次郎は、もし南沢先生がこんな二人の会話を聞いたらまた泣き崩れるのだろうな、と思った。そして、迂闊にもこの稀代の変人父娘に関わりを持ってしまった気の毒なお栄の元夫に、心の底から同情した。

「アゴ、てめえの川柳もここに書け」

「ええー。川柳を載せるのは別にいいけどさ、アタシの絵姿なんてやめておくれよ。いくらなんでも露骨すぎるだろ」

そう言ってお栄は、北斎が描いた自分の絵姿の髪にバツをつけて後頭部に髷を描き足し、腰蓑を描き加えた。さらに肩には釣竿をかつがせ、横に魚籠(びく)を置く。妙齢の女の絵姿が、あっという間にむさくるしい漁師の絵になった。

「漁師の絵でいいよ。アタシはこれから、広い海に漕ぎ出でて気ままに暮らすんだ。結婚なんてアタシにはやっぱり向いてない」

そして、えへへと照れ笑いをしながらお猪口をくいと口に運んだ。北斎は酒をまったく飲まないので、空になったお猪口にはお栄が自分で酒を注ぐ。

「川柳はどうすんだ。いままで詠んだこの傑作の中から選ぶか？」

「いや、新しく考える。そうだなぁ……」

しばし思案したあと、お栄はさらさらと紙の上に筆を走らせた。

此の春は　月の桂を　折るばかり

月の桂を折るというのは中国の故事にちなんだ言葉で、もともとは科挙に合格したことを指し、転じて立身出世するという意味でよく使われている。

「もう、あとは絵を描いて名を上げるしかないからね、アタシには」

お栄はそう言うと、普段ならば名前を「栄女」とか「栄」と書くところ、酔っぱらっていたのでその場の思いつきで「酔（えい）」と書いてアハハと笑った。北斎が満足げに娘を焚きつける。

「ははは。そうだな描け描け。これからは描きまくれ」

そして、二人が冗談半分に描きはじめたこの絵と川柳は、のちに丁寧に清書されて「漁師図」となり、北斎が費用を払って摺物に仕立てられ、門人たちに配られたのである。

その翌日、常次郎がいつものように北斎の家にやってくると、井戸の横でお栄がうずくまっている。

「またですかお栄さん」

「おええ」

「昨日はお栄じゃなくて酔、それで今日は『おええ』ですか」

「うるさい常次郎。黙ってろ」

お栄はなまじ酒に強い分、少し飲みはじめるとすぐ調子に乗ってぱかぱかと盃を空けてしまい、宿酔いで次の日は七転八倒している。まだ酒を飲ませてもらえる歳ではない常次郎にしてみたら、何を馬鹿なことをやってるんだこの人は、と心底不思議でならない。

お酒って、そんなに旨いもんなのかな。

翌日は死にそうになっているくせに、それでもお栄は懲りずに酒を飲む。しかも飲む時はいつもご機嫌でニコニコしており、頬にほんのりと赤みもさして本当に幸せそうなのだ。そんなお栄の姿をしょっちゅう横で眺めていれば、酒という飲み物にどうしても興味が湧いてしまうのも仕方ないことだろう。

普段は目つきのきついお栄が、酒を飲んでいる時だけはキッと跳ね上がった眉がだらんと下がり、優しい顔になるのも常次郎はなんとなく好きだった。

この、癖が強く他人を寄せつけない人を、こんなにも親しみのある人間に変えてしまうなんて、酒は本当にすごい。僕も大人になったら、お栄さんとぜひ一緒に酒を飲んでみたい――常次郎は時に、そんなことを夢想したりもする。

真っ青な顔をして吐き気に耐えているお栄の背中をさすってやりながら、常次郎は「仕方のない人だなぁ」とぼやき、それでも優しく井戸から水をくんでやった。


そこに、偶然ふらりと北斎の家に来ていた渓斎英泉が顔を出した。

ぱりっとした濃紺の着流しに乳白色の角帯をきっちりと締め、決して派手ではないのに、相変わらずなぜか目を引く粋な着こなしだ。大好きなお栄の姿を見つけるとパッと表情を明るくして、にこやかに近寄ってきた。

「おう。お栄ちゃん、おはよう」

「あ、英泉先生おひさしぶりです」

だが、お栄はその声を聞いても顔を上げようともしない。

「おう。常次郎か。お栄ちゃんは何があったんだ。間男との間に赤子こしらえて、つわりでも来たか」

「何言ってんですか先生。ただの飲みすぎですよ。先生からも一言なんか言ってやってください」

「アッハッハ。お栄ちゃんの飲みっぷりも相変わらずだな。まだ若いんだから再嫁だって十分いけるのに、そんなんじゃ男も寄りつかないぞ」

「うるさい英泉。何しに来た、とっとと帰れ」

「おお、こわいこわい。宿酔いでずいぶんとご機嫌ななめだ」

「宿酔いでなくても、てめえに会う時のアタシゃいつもご機嫌ななめだよ……おええ」

言い終わる前に吐き気が込み上げてきてお栄がえずきはじめたので、常次郎は慌ててお栄の背中をさすった。

「まったくもう、本当に困ったお人だな。気持ち悪いんなら無理してしゃべらないで、黙って下向いててください」

「おえええええ」


特に用もなく北斎の家に顔を出した北渓さんを、英泉が強引に茶屋に連れ出したのはその翌日のことだ。

英泉は深刻そのものの表情を浮かべ、暗い声で言った。

「魚屋の兄貴、あいつら、できてるよ」

ああ、ついにその話が来たかと北渓さんはうんざりした。

「あいつらって誰だよ」

「お栄ちゃんと常次郎だよ」

それは俺だって薄々察しがついてるよ、と北渓さんは思ったが、面倒くさくなりそうなのでまったく知らないふりをした。

「んな馬鹿なことあるかい。あの二人、干支が同じだぞ？」

「歳の差なんて男女の仲には関係ねえってことよ。最近、俺は先生のところにちょくちょく顔出すようにしてんだが、よく見てるとあいつら、ときどき連れ立ってふらっといなくなることがあるんだよ」

鼻息の荒い英泉に、北渓さんはやれやれといった風情で答えた。

「ただの買い物だよ。最近じゃ先生の身の回りはほとんど常次郎が面倒を見てるんだが、まとまった金を持って買い出しに行く時は、若い常次郎だけじゃ舐められるからお栄ちゃんも一緒について行ってんだ」

「違うんだよ魚屋の兄貴。たしかに単なる買い物かもしれねえ。でもこの英泉、自慢じゃねぇが人よりは多少、色恋沙汰の場数を踏んでいる。長年の経験と勘で俺は、好き合ってる男女が発する気配ってやつが分かるんだ」

「えらそうに」

英泉は稀代の女たらしである。ただ、それは擦れた玄人女が相手なので、彼の自慢の経験と勘とやらが一般の男女にあてはまるかというと怪しいものだ。

「俺の見立てでは、あの二人は絶対にできてる」

別にそんな自信たっぷりに言わなくとも、最近の二人の様子を見ていれば誰の目にも一目瞭然だ。北渓さんも、何やらお栄がコソコソと隠れて、常次郎に話をしている場面を何回か目にしている。

ただ、多少は仲睦まじくなっているのかもしれないが、すでに二人が男女の仲になっているかというと、それは絶対にないだろうなと北渓さんは見ていた。

常次郎のほうにはずっと前から、お栄になんとなく気がありそうな気配はあった。だが、何しろ常次郎はまだ前髪を落としていない初心な餓鬼だ。こういう時にどう振る舞えばいいのか、よく分かっていないようだ。

それに常次郎は、北斎の弟子にしては珍しくまともな常識人である。それで、お栄が自分より十二歳も年上で、しかも師匠の娘さんであるという現実をわきまえ、お栄は自分などが懸想していいような人ではないのだと、自分の想いを強引に抑え込んでいるふしがある。

一方、お栄のほうは離縁して以来、完全に吹っ切れている。アタシにはもう男なんていらねえ、一生独り身で絵を描いて生きていくのが気楽で一番だ、と男にはすっかり興味を失っている様子だ。常次郎のことはせいぜい、歳の離れた弟のような感覚だろう。北渓さんの見立てでは、お栄はおそらく常次郎のことを一人の男としては見ていない。

ところが、そんなお栄の常次郎を見る目が、最近急に変わってきたような気がするのである。お栄の心のうちに、何か変化でもあったのだろうか。

たしかに常次郎はいま、十四歳という子供から大人に変わっていく時期にあって、最近急に、顔つきも体つきもやけに男っぽくなってきている。

毎日のように顔を合わせていて、可愛い弟くらいにしか思っていなかった常次郎が、ここへ来て急に大人びた男らしい一面を見せはじめた。いまでこそお栄は、もう男はこりごりだと考えているが、人の心なんてものは分からない。今後もずっと二人の関係性はいまのままなのか、それとも微妙な変化が生まれてくるのだろうか。

こりゃあ、常次郎が月代を剃りはじめたら、ひょっとしたら、ひょっとするかもしれねえな――

北渓さんは、今後何が起こっても俺だけは絶対に動じずに受け止めてやろうと、独りでこっそりと覚悟を決めたのだった。

「オーイ。ほっけいはおるか、ほっけいはおるかぁ」

北斎の家に戻ると、部屋の中から北斎の呼ぶ声がする。北渓さんが部屋に上がると、北斎はあごを少し上げて襖を指し示し、閉めろと言う。

「なんのご用ですかい先生」

するとと北斎は、周囲に人の物音がしないことを注意深く確認したあと、珍しく神妙な顔をして、小声で北渓さんに尋ねた。

「……なあ、常坊とアゴ、あいつら最近何やってんだ？」

「え？」

ついに北斎までもがそんなことを言いだしたので、北渓さんは閉口した。

下手くそかよ、あの二人――

「なんだか最近、アゴが陰でコソコソと、常坊を熱心に口説き落としているようなんだが、あれはなんなんだ？　お前、二人からなんか聞いてるか？」

およそ他人の行動など興味のない北斎にまでこんな風に言われるとは、おそろしいまでの脇の甘さである。これでもお栄は、上手く親の目を忍んで火遊びをしているつもりなのだろうか。

「いやぁ、私は二人がそんなことしてるの、見たことはないですけどねぇ」

「なんでぇ、おめえの目は節穴かよ。まったく呑気な野郎だ」

北渓さんは内心で冷や汗をかきながら、その場はすっとぼけて誤魔化したが、お栄と常次郎の能天気さにだんだん腹が立ってきた。

だいたい、なんでどいつもこいつも、俺に相談してくるんですか――

くだらねえ面倒事に巻き込まれちまったなあ、と北渓さんは自分の不運を嘆いた。

ただ、北斎は別に、娘と弟子の怪しげな振る舞いをけしからんと叱りつけるつもりは皆目ないらしい。その口調はまるで他人事のようだ。

「まあ、俺は身内であっても他人様の壺中天（こちゅうてん）には深入りしねえ流儀だから、いちいちうるせえことを言うつもりはねえけどな。ま、もし目に余るようだったら北渓、おめえから二人に釘刺しとけ」

そして、それだけ言うともう興味を失ったらしく、ぷいと向こうを向いてしまった。

壺中天というのは、北斎が好んで使う言葉である。

——誰もが心の中に壺を持っていて、その壺の中にせっせと自分一人だけの世界をこしらえているもんだ。その壺の中に入って一人で見上げる天は、誰も邪魔することのできねえ、そいつだけの天なんだ。

おめえらは自分の壺中天を大事にしろ。あと他人の壺中天を軽い気持ちでのぞき込むのはご法度だし、もし見ても絶対に笑うんじゃねえぞ。

他人から見たらどんなに馬鹿馬鹿しくてくだらないものでも、その壺の中から見上げる天は、そいつにとっては人生の支えであって、唯一無二の宝物なんだ——

たとえ自分の娘であっても、壺中天はのぞき込まないと北斎は決めているらしい。

それからしばらく経って北斎の家にやってきた北渓さんは、真っ青な顔をした英泉にいきなり手首を摑まれて、強引に外に連れ出された。

「なんなんだよてめえはよ。そんな血相変えてどうした」

「魚屋の兄貴！　とんでもねえことが起きた。見ちまった。俺は見ちまったんだ」

「何を見ちまったんだよ」

「お栄ちゃんと常次郎だよ。二人が連れ立って逢引してるところ」

「はあ？　だからそれはただの買い出しだって言ったろう」

「違えよ！　今度は絶対に違えって。だって俺、最近の二人はどうにも怪しいってんで、二人が連れ立って出かける時は必ず、こっそりあとをつけて行ってるんだから」

「おめえも暇人だなあ……」

他人の壺中天を、進んでのぞき見しようとする馬鹿者がここにいた。

「そしたら俺もびっくり仰天よ。あの二人、連れ立って出合茶屋に入ってったんだ」

「はあ？　お栄ちゃんにそんな金ねえだろ。それに常次郎はまだ前髪を下ろしてない小僧だぞ。入れてもらえるわけがねえ」

「それが入ってったんだから驚きだってんだ」

「そんなわけあるかい。おおかた、てめえの見間違えじゃねえのか」

「そう思うんだったら魚屋の兄貴も一緒についてきてくんな。今日なんかは最高に雰囲気が怪しいぜ。常次郎の野郎、普段と違ってパリッとした下ろしたての着物を着てやがる。ありゃあ絶対に、お栄ちゃんを手籠めてやろうと狙ってる目だ」

「本当かよ……」

北渓さんは半信半疑だったが、英泉があまりにも自信たっぷりにそう言うものだから、一緒になって物陰から二人の様子をこっそり見張ることにした。

果たせるかな、お栄と常次郎はしばらくすると、楽しそうに談笑しながら連れ立って家を出ていった。買い出しは昨日行ったばかりだから、たしかに怪しい。

「お。案の定、二人して仲良く出かけるみてえだぞ。さあ、あとを尾けようぜ兄貴」

「おめえ、生き生きしてんなあ……」

「生き生きなどしてるか！　怒りで腸が煮えくり返ってるわ。常次郎の野郎、あの歳で師匠の娘さんに手をかけようたぁ、とんでもねえ助平野郎だ」

おめえも同類だろ、と北渓さんは思ったが黙っておいた。

お栄と常次郎の二人は、家を離れてしばらく歩くと急に、何やらそわそわと落ち着かない様子に変わった。しきりに周囲を気にしているし、口数も明らかに少なくなっている。最初は英泉のことを信じていなかった北渓さんも、まさかと思いながらも胸の鼓動が速くなるのを止められない。

そしてついに二人は、安くて汚い出合茶屋が立ち並ぶ、怪しげな一角に入っていった。家からはほどよく離れていて、こんな遠くで近所の人に会うことはまずない。逆に言うと、用もない人間がこんな遠いところまでわざわざ来ることもまずない。

「ほら！　俺の言ったとおりだろ？　二人は前もここに来て、あそこの茶屋に入ってったんだ。この昼日中からずいぶんとお盛んなこった」

「嘘だろ……あの真面目な常次郎が、信じらんねえ……」

果たして、二人は英泉が指さした出合茶屋にいそいそと入っていく。安茶屋が立ち並ぶこの一角の中でも、ひときわ古くてみすぼらしい店だ。女を口説き落とそうとする男だったら絶対に使わないような店だが、今さら格好をつけ合うような仲でもなく、金がなくて年齢もちぐはぐな二人にとっては、こういういいかげんな店のほうが、安いしあれこれ詮索せずに放っておいてくれるし、むしろ好都合なのかもしれない。

「行くぞ兄貴」

「何がだよ？」

「俺たちも中に入るんだよ。客のふりして隣の部屋に入って聞き耳を立てる」

「客のふりって、俺と……おめえで？」

北渓さんは悪い冗談かと思ったが、英泉の目はいたって真剣だ。

「そうだよ。衆道の若衆と旦那という態で行けばなんとかなるだろ」

「馬鹿言うなこのやろう。絶対に嫌だよそんなの。おめえと連れ立って出合茶屋に入ってくとこを誰かに見られたら赤っ恥だし、それこそ面倒な噂が立つぞ。だいたいおめえ、もう若衆って歳じゃねえだろが」

「細けぇことは気にすんなって兄貴。今は何より、お師匠のために二人の密会の現場を押さえるのが先決だ」

「お師匠はお栄ちゃんが誰とくっつこうが、たぶん何も気にしねえって。躍起になってんのはおめえだけだ」

　ろくに考えもせずお栄の結婚を決めてしまった北斎のことだ。常次郎とお栄ができてると聞いてもきっと「そうかそうか、手垢ついててもかまわねえってんならもう、勝手に持ってけ持ってけ」などと面倒くさそうに言うだけだろう。

　結局、二人で連れ立って出合茶屋に入ることを北渓さんが頑として断ったので、英泉は外からのぞき見をすることにした。茶屋のすぐ脇に、人がかろうじて一人通れるくらいのじめじめした細い路地があった。そこから二階建ての茶屋の一階の屋根によじ登って、窓からこっそり中の様子を伺おうというのである。

「お。ちょうどいいところに塀があるじゃねえか。兄貴、ちょいと肩貸してくれ」

「正気かおめえ。落ちたら怪我すんぞ」

「いいから肩貸せって。この塀の上に登れれば、そこから茶屋の屋根に手足が届く」

「えええ……」

　出合茶屋の一階は普通の茶屋のようなしつらえになっている。男女はさも茶を一服しにきた客のようなふりをして店に入り、そのまま二階の座敷に上がって事におよぶのだ。夜は盛況だが、昼はガラガラでほとんど客はいない。

「まったくよお、出合茶屋で昼間っからよろしくやろうってのに、戸板も立てずに障子も開けっ放したぁどういう了見だ、まったくもってけしからん……」

そんなことをブツブツ言いながら、英泉はかがみ込んだ北渓さんの肩に足をかけ、それを踏み台にして軽々と塀の上によじ登った。そして塀の上から茶屋の軒に手を伸ばし、えいと勢いをつけて一階の屋根の上に飛び移る。

「おい、大丈夫か、気をつけるんだぞ」

下にいる北渓さんが注意すると、英泉は口に人差し指を当てて、「しいっ」とうるさそうに声を制した。

出合茶屋の二階の一室から、たしかにお栄と常次郎と思われる声がかすかに聞こえる。だが、何を言っているかまでは分からない。

屋根の上にしゃがみ込んだ英泉は、壁に耳を当てて二人の睦言をなんとか聞き取ろうとしたが、うまく聞き取れずじれったそうに顔をしかめた。できれば中の様子をのぞき込みたいところだが、窓が全開なのですぐに二人に分かってしまう。

なんとかして、二人に気付かれないように中の様子を見たい。

英泉は斜めになった瓦屋根の上で、苦しい姿勢のまま足をふんばり、カタツムリのようにゆっくりと体を窓のほうに動かしている。じわじわと少しずつ、少しずつ窓に顔を寄せていって、中の二人に動いているものの気配を感じさせないようにする作戦らしい。

「おいおい、大丈夫かよあいつ。すっかり夢中になっちまって」

北渓さんが呆れ顔で英泉の姿を見上げていると、じりじりと静かに体を窓のほうにずらしていった英泉は、ようやく中が見える位置まで頭を運んだ。

座敷の中央に、布団が敷かれている。

そこに寝転がる、半裸の男の背中が見えた。常次郎だ。

常次郎は相手に覆いかぶさるような姿勢で向こうを向いており、その懐から、柿色の着物が見え隠れしている。英泉は歯噛みしてその着物の裾をじっと見つめた。

ちっくしょう、あれがお栄ちゃんか？

なんだよ常次郎の野郎。おめえが下手くそなせいで、お栄ちゃんさっきから、ちっとも反応がねえじゃねえか。

ええい、まだ不慣れなんだとしても、もうちっと上手にやったらどうなんだ常次郎。俺ならもそっと上手に、お栄ちゃんの気を引きだしてやるってのに。ああ、じれってえなぁ、ちくしょう……。

それにしても、ずいぶんと肌が白いんだなお栄ちゃん。まるで白絹のようだ——

そこで英泉は、目の前に広がる光景の中にある、ものすごい違和感に気付いた。

いや？　違う違う！

あれは人間の肌の白さじゃねえ。あれは——布団⁉

なんでまた、布団に着物を着せて抱きついてんだ、常次郎の奴？


その時、屋根瓦にかかっていた英泉の足がずるっと滑った。

「あっ」

とっさに窓の桟を掴んで屋根から転がり落ちるのを防いだのはよかったが、はずみで英泉は半身を思いきり瓦屋根に打ちつけ、ガンと鈍い音が周囲に響きわたる。

「いちち……」

「おい、しっかりしろ英泉！　手ぇ離すんじゃねえぞ」

北渓さんが下から心配そうに英泉を見上げて声をかけた。こうなったら、もし英泉が落ちてきたら自分が受け止めるしかない。北渓さんは両腕を広げた。

英泉は半身を打った痛みに顔をゆがめながら、ゆっくりと体を起こして体勢を戻そうとした。さっきの物音で二人に気付かれたかもしれない。早く逃げなければ。

だがその時、二階の窓からにゅっと女の頭が出てきた。

「――英泉⁉」

物音に気付いて様子を見にきたお栄だった。着物をきっちりと着て、髪も襟も全く乱れてはいない。その後ろから、常次郎もひょっこり顔を出した。

「えへへ……ごきげんよう、お二人さん」

片手で窓の桟を掴み屋根の上に寝転がりながら、英泉は気まずそうに笑った。

それからまもなくの後、出合茶屋の二階の座敷で、ちょこんと並んで正座させられながら、肩身が狭そうに恐縮している北渓さんと英泉の姿があった。

「――それで、あんたらは私たち二人のあとを尾けていたと」

ぎろりと睨みつけるお栄の目は、まるで道端に転がった犬の糞でも見るかのようだ。

「……はい」

「それで、挙句の果てには窓の外からのぞき見か」

「……すみませんでした」

「本当に、見下げ果てた下衆野郎だな。八つ裂きにしても飽き足らねえ」

「面目ねえ。つい魔が差しちまってよ……」

「はぁ？　魔が差しただぁ？　小汚ぇてめぇの本性だろうがッ！」

「ひいッ！　すみませんでしたッ！」

のぞき見がばれた英泉と北渓さんは、ものすごい剣幕で怒鳴り散らすお栄に逆らえず、さっきからこってり絞られていたのだった。

お栄よりもずっと年上の北渓さんと英泉が、雁首をそろえてビクビクと目の前のお栄の顔色をうかがっている。巻き込まれた形の北渓さんはまだ冷静だったが、実行犯である英泉はお栄にこっぴどくやられて、さっきから顔が真っ青だ。

「まったく。こっちは真面目に画業の研鑽してるっつうのに、どういう了見だよ」

「いや、本当にすまなかったよ。お栄ちゃん、どうか堪忍してくれ」

「堪忍するかい馬鹿野郎。今日という今日は絶対に許さねえ」

「だってよう、常次郎と二人して出合茶屋に入ってくなんて、ただ事じゃねえと思うだろ普通」

お栄と常次郎は春画の習練のため、出合茶屋をわざわざ借りて、性交の際のさまざまな体位の描き方を研究していたのだった。丸めた布団を縛って棒状にして着物を着せ、それに常次郎が抱きついてさまざまな姿勢を取り、お栄がその様子を絵に写し取るのである。

「だから僕は絶対に嫌だって言ったんですよお栄さん。恥ずかしくてもう死にたい」

常次郎が半泣きでお栄に文句を言った。

「アタシが何度頭を下げてもあんたが嫌がるから、駄賃ははずんでやったろう。それなのに文句言うんじゃないよ常次郎。

これもすべては画業のためなんだ。実物も見ねえで想像で枕絵を描いても、ちっとも真に迫るもんにはならないんだからさ。でもお陰で、床で組み合った時の姿勢とかは本当に勉強になった」

しかし何もわざわざ本物の出合茶屋でやらなくても、と呆れた顔で北渓さんが言うと、調度品とか部屋の雰囲気とか、そういうのもひっくるめて学びたいんだとお栄は大まじめな顔で答えた。そのために彼女は、これまで何件もの出合茶屋に、場所を貸してくれと懸命に頼み込んで回ったのだという。

当然ながらほとんどの茶屋には断られたが、この閑古鳥の鳴いている傾きかけた古茶屋だけが、どうせ客などいない昼前ならいいだろうと、少々の謝礼と引き換えにこの座敷を使うことを許してくれたのだという。

「なんでえお栄ちゃん。そんな話だったら、常次郎なんかじゃなくて最初から俺に頼んでくれればよかったのに。俺だったら、こんな布団相手じゃなくて、顔見知りの遊女に話をつけて実際の絡みを見せてやるよ。この英泉さまが長年鍛えぬいた性の秘技の数々、四十八手のことごとくが見放題だ。めっぽう勉強になるぜ?」

「馬鹿!」

お栄が真っ赤な顔をして英泉を叱りつけるのを眺めながら、北渓さんは考えていた。

たしかに、枕絵の練習なら、なんで常次郎なんかに見本を頼んだんだ?

あいつ、まだ女を知らないだろう。そんな奴に布団を抱かせてみたところで、頓珍漢な動きをするだけでなんの参考にもならないはずだ。

大嫌いな英泉にこんなことを頼むのはたしかに嫌だろうとは思うが、北斎の弟子の中にはちょうどいい年頃の、女を知っている若い衆もたくさんいる。

ほかの絵師の一門なら、枕絵の勉強のために男女が実際に抱き合っているところを見たいなどと言ったら眉をひそめられるだろう。だが、常識がすっぽりと欠落した葛飾一門ならば「おう、やれやれ」とむしろ面白がってみんながワイワイと参加してくるはずだ。常次郎なんかに頼むよりも、そのほうがよほど筋がいい。

それに、なんでまたお栄ちゃんと常次郎は、この修業を二人だけの秘密にしたのだろうか。英泉のようにこっそりあとを尾けるような奴はさすがに想定外としても、男女二人で連れ立って出合茶屋に入るところを通りがかりの誰かにたまたま見られてしまったら、それこそ変な噂になりかねない。

さてはお栄ちゃん、何か隠してやがんな——

その時、北渓さんはハッとひらめいた。そして、お栄が今日、常次郎の姿を見本にして描いた下絵の束にちらりと目をやった。

お栄は、その紙の束をさりげなく自分の着物の裾の下に追いやって、英泉のほうからはなるべく見えないようにしている。だが、少しだけはみ出て見えた紙に描かれていた下絵を見て、北渓さんは「ああ、なるほどな」とすべてを理解したのだった。

そこに描かれていたのは、まだ前髪を落としていない若衆のしどけない姿。その若衆と抱き合っているのは娘ではなく、やはり前髪を落としていない若衆。

——衆道の枕絵かよ。お栄ちゃんも、とんだ好き者だな。

そう、これは昔からのお栄の隠れた趣味なのである。

彼女は嫁入りするずっと前、まだ十二、三くらいの頃から、美少年同士が愛欲におぼれる衆道の枕絵を、こっそり描いては独りで悦に入っていたのだ。

北斎は、お栄が十歳くらいの頃にはもう、こいつの腕前はもう十分に使えるといって自分の絵の手伝いをさせている。慎みもへったくれもない父は、枕絵も平気な顔して娘に見せては、それを描くことを手伝わせていた。

そのせいで、まだ生娘のうちからお栄は仕事として魔羅も御陰（ほと）も平気な顔して描いていて、実物をまだ見たこともないのに実に手慣れたものだった。その確かな技術が、彼女の秘かな趣味に役立った。

普通の枕絵は「仕事」として、最初から人に見せるために描くが、こっそりと描いた衆道の枕絵のほうを彼女は誰にも見せたことがない。純粋に自分だけの楽しみのために描いて、描き上がった絵をときどき秘かに取り出しては、それを眺めて妄想を羽ばたかせて楽しんでいるのである。

その絵を描くための習作であれば、月代を剃った大人では務まらない。まだ前髪がある常次郎でなければいけないし、ぎこちない動きはむしろ、擦れていない純な若衆の不器用さが表れていて、真実味があって好都合だったのである。

　お栄ちゃん。その絵、ちょっと見せてくれよ——

北渓さんはそう言いかけてやめた。この場には彼女が嫌っている英泉がいて、幸いなことに英泉は、お栄がわざわざ常次郎に見本役を頼んだ真の理由に気付いていない。人はそれぞれ、心の中に壺中天を持っている。

お栄ちゃんの秘めた性癖を、何もわざわざ大嫌いな英泉の前で晒して、恥をかかすことはあるめえ、と北渓さんはその場では何も言わないことにした。ただ、後日こっそり常次郎をつかまえて、洗いざらい事情を吐かせた。

「――で、お栄ちゃんの描いてる絵ってのは、どんなもんなんだ」

常次郎は泣きそうな顔で答えた。

「そりゃあもう、ひでえもんですよ。体は僕のを見て描いてるんですけど、顔はあり得ねえほどの二枚目に描き変えられてて、そんでまあ、男同士で組んずほぐれつ、あんなことも、こんなことも」

思わず北渓さんは噴き出してしまった。

「で、おめえはぐるぐる巻きの布団を抱いて、お栄ちゃんの衆道絵の見本を務めてたってことか」

「はい。一人で二役。最初は上になるほうを演じて、そのあとに体を入れ替えて、下になるほうの役を」

「はははは。そいつは災難だったなぁ常次郎」

「しかもお栄さんの熱の入れようったら、ものすごいんですよ。手の角度から腰のひねりまで、いちいち細かく僕に指図してきて、ちょっとでも違うとカッとなって叱りつけてくるんです。もう、そこまで頭の中で完璧に絵ができあがってるなら、別に僕に見本をやらせなくても十分描けるんじゃないかって思いますよ」

普段のお栄は絵描きを心の底から楽しんでいるような人間で、描いている時はいつも上機嫌だ。カッとなって見本役を叱りつける姿など想像もつかない。

仕事として描いているいつもの絵よりも、これはよっぽど鬼気迫るものがあるなと北渓さんは思った。

「最近のお栄さん、ずっとしつこかったんですよ。強引に人のいない物陰に連れていかれて、もう泣きださんばかりの勢いで必死に頼み込んできて。

あの件はどうなった、アンタもそろそろ月代を剃っちまうだろう、もう時間がないんだ、決心はついたかい、いまだけしか頼めねえことなんだ、アタシにはこの件で頼れるのはおまえしかいないいんだよ、なあ後生だからお願いだよ……って調子で。それで僕も断りきれなくなって……」

「なるほどな。その様子を見てみんな、二人が懇ろの仲だって勘違いしたわけか」

「え？　ひょっとして、みんな気付いてたんですか？」

常次郎の言葉に、北渓さんは呆れ返った。

「なんだよ常次郎、誰にも見られてねえとでも思ってたのかい。おめえもお栄ちゃんも、本当に呑気なもんだなぁ……」

この脇の甘さでは、下手したら変な噂がどんどん独り歩きして大騒ぎになっていた可能性も十分考えられたわけで、英泉が早いうちに無理やり間に割って入って、こういうあと腐れのない形で明るく秘密を暴いてくれたのは、ある意味逆に運がよかったのかもしれない。

と、そこまで話を聞いたところで、北渓さんは自分の心の中に、下衆な好奇心がむくむくと湧いてきてしまうのを止められなかった。

「……で、その絵ってのはどこにあるんだ」

「嫌です」

あまりに即答だったので、北渓さんは苦笑した。

「いやいやいや、誰にも他言はしねえって。常次郎にとっても恥だし、お栄ちゃんも恥ずかしいだろう。ただ、俺もここまで事情を知らされてしまうとさすがに、お栄ちゃんが心血を注いで描いたっていうその絵を、一目見てみたくて我慢ならねえ」

「嫌です」

「じゃあ常次郎、おめえはその絵を見たことあるのか？」

「僕が見本ですから、下絵は見ています。気分が悪いもんですよ、体は自分なのに顔が全く違う二枚目に描き変えられてるのって」

「でも、完成品は見たことねえんだよな」

「だってお栄さん、絶対に見せてくれないんですもん」

「気にならねえか、常次郎」


北渓さんの声色はいつの間にか、低くドスの利いた邪悪なものに変わっている。普段は温和な目がギラギラとあくどい光を放ちはじめ、純粋な常次郎を絡めとろうと、まるで大蛇が体にゆっくりと巻きつくように、あの手この手でじわじわと言い寄ってくる。

「……嫌ですよ、あんな絵」

「でも、ちょっとは気になるよな」

「……」

「だって、あのお栄ちゃんがそんだけ血相変えて描く絵だぞ」

「う……」

「お栄ちゃん、先生がまだ若くて枕絵の注文をたくさん受けてた頃は、よく先生の枕絵の代筆もやってたんだがな、女ならではの視点っていうのかさ、妙に色気があってそそる絵を描いてたんだよ。

　あの頃はまだ嫁ぐ前だったから生娘で男を知らねえはずなのに、よくもまあ想像だけでこんな艶っぽい絵を描けるもんだなあと舌を巻いたもんだ。

　それがいまや、あの子は嫁いで出戻って、男と女の酸いも甘いも知り尽くしてる。そんなお栄ちゃんが、こっそり人に隠れてまで描こうとしてる絵だぞ。そりゃ、よほどの情念が込められた大傑作に違えねえ」

　ごくり、と常次郎がつばを飲み込む音が聞こえた。

「なあ常次郎。見てえと思わねえか？　おめえも絵師の端くれだろう？」

「……」

「そんな大それたことじゃねえ。お栄ちゃんに気付かれねえように、こっそりと見るだけだよ。それで何もなかったように元に戻しとけば、それっきりだ。他人に見られたとも思わねえから、お栄ちゃんも傷つかねえし、俺たちはお栄ちゃんの大傑作を目にすることができる。互いにいいことずくめだろうよ」

「……」

「なあ頼むよ。お栄ちゃんと親しいお前のことだ、どうせ隠し場所は知ってるんだろ？」

「……」

「俺がこの件で頼れるのはおまえしかいないんだよ。なあ後生だからお願いだよ」

「……いちおう、隠し場所は知ってますけど。でも、一度きりですよ？」

こうして常次郎と北渓さんの二人は、お栄が遠くに外出して絶対に夕方まで戻ってこない日を選んで、彼女が衆道絵を隠しているという物置に向かったのだった。

常次郎が物置の奥に潜り込んで、何者かが手を触れたと気付かれないよう、油紙に包まれた紙束を慎重に引っぱりだしてきた。

「さてさて、どんな傑作が現れるやら……」

期待に胸を躍らせながら、北渓さんがゆっくりと油紙を開く。

中が見えた瞬間、思わずその手が止まった。

興味深そうに隣でのぞき込んでいた常次郎も、絵を見た途端、石像のように凍りついて、眉間に深いしわを寄せながらその絵をじっと見つめている。

「でっけえな……」

二人して、思わず変な声が漏れた。

それは、見目麗しい若衆たちが桃色の肌をさらして、一心不乱にまぐわっている絵だった。一人の男の魔羅がもう一人の男の尻に挿し込まれようとしているのだが、あまりにも長すぎる。そして太すぎる。描く際の多少の誇張は枕絵の常ではあるが、それにしてもこの誇張はえぐい。

絵の余白にはびっしりと、お栄が考えたと思われる、その絵の物語と台詞が書き込まれていた。これは、北斎がかつて自ら編み出した独自の春画の表現形式だ。

「エ、エ、ア、ア、、ズウズウ。ひちやひちや、ぐちやぐちや――」

「北渓さん、ちょっと……」

「ア、エ、、塩梅ハどふだ、どふだ。ぐあいよくなってきたらう――」

「北渓さんってば！」

「ア、レヱヲ、ヲ、、おおきイ、おおきイィ。ア、裂けてしまウ、ご勘弁を、ご勘弁を。アレヱ、アヱヱ――」

「もう！　声に出して読まないでくださいよぉ……」

「……ごめん」

お栄の秘められた妄想が炸裂した、そのあられもない絵と詞書（ことばがき）の内容に絶句した二人は、いったい何十枚になるのかという分厚い紙束の二枚目以降を確認することもなく、そっと油紙で絵を包みなおした。

それから、こっそりのぞき見したことを絶対にお栄に気付かれないよう、紙束を慎重に慎重に元にあった場所に戻し、そして静かに物置をあとにした。

「……これは、見なかったことにしよう常次郎。全部忘れるんだ」

「はい。言われなくともそうします……」

その時、偉大な師匠が常日頃から弟子たちに言っている戒めの言葉が、二人の頭にふっと蘇ってきた。

「他人の壺中天は、放っておくのが一番だな、常次郎……」

呆然とそうつぶやく北渓さんに、常次郎はうつろな目で「はい」と答えた。

五．画狂老人と将軍

将軍様が、天下一の絵師・葛飾北斎改め為一の名声を聞き及んで、絵を描く様をぜひ御覧になりたいとご所望されている――

そんな話がやってきて、その時に北斎が住んでいた両国亀沢町は、蜂の巣をひっくり返したような騒ぎになった。

北斎は近所でも有名な汚部屋の主で、誰もが関わり合いを避けていた薄汚い老人である。それが江戸幕府第十一代将軍・徳川家斉（とくがわいえなり）のお目見えにあずかると知れた瞬間、わが町の誇りとして下にも置かれぬ丁重な扱いになった。

北斎の引っ越し癖はよく知られていたので、将軍様のご照覧にあずかる大絵師にそうそう簡単に引っ越されては困ると、まずは町役が上等の酒を手土産に挨拶にやってきた。そして、将軍様のお目見えまでは間違いがあっちゃいけねえという強引な理由をつけて、それまでは家から一歩も出ないでくれと頭を下げて頼んでいった。

町役が帰ると、北斎は不機嫌さを露わにして文机にもたれかかり、町役が持ってきた酒をつまらなそうにお栄に突きだした。

「なんでえ、どいつもこいつも。いままでだって俺は、それなりに名の通った絵師のつもりだったのによ。まったく、いままで俺のことを汚らしいもんを見るような目で見てた奴らが、あっさりと掌を返してきやがる」

手土産に酒を持ってこられたところで、北斎は酒を飲まない。北斎の機嫌をとるならぼたもちでも大福でも、とにかく甘い菓子を持っていけというのは、版元であれば誰もが心得ている鉄則だ。それすら知らないというところに、町役がいかにいままで北斎になんの興味も持っていなかったかが知れる。

「でも、なんだかんだ言いながらうれしそうだねえ、おとっつぁん」

思いがけず上等の酒が手に入ったお栄は、上機嫌で北斎をからかった。

この親子は、父が酒も飲まず煙草も吸わないというのに、娘のほうは無類の酒好きで、昼夜かまわず酒を飲むし煙草もすぱすぱと吹かすのだ。お栄はもらったばかりの酒の封をさっそく開いて、味見だと称してもう飲みはじめている。

「うれしいに決まってんだろ馬鹿野郎が。狩野派の絵師ならば将軍様も顔なじみだろうが、一介の町絵師が将軍様の目に留まるなんて、よほど名前が四海に轟いてなきゃ到底ありえねえ話だ。まったくもって絵師冥利に尽きるじゃねえか」

「こりゃ、気合を入れて描かなきゃだね。何を描くかい？」

「そうだなぁ……席画は普通の絵とは違うもんなぁ。いい絵を描くことにこだわって丁寧にゆっくり描いてたりしたら、見てる客のほうが飽きちまうんだよ。

　客はちょっとした見世物くらいの気持ちで、べつに絵にそこまで興味があるわけじゃねえからな。だいたい、絵を描く様なんてのは、ちみちみ、ちょこちょこと手元で何やらやってるみたいで、遠くからじゃよく見えねえんだよ。見てる側からしたら、あんなのは基本退屈なもんなんだ。

　だから、多少は下手くそでも、バアーンと派手に墨を散らして、そこにバシャーンと絵の具をまき散らすくらい豪快に、手短にやったほうが受けがいい」

「それなら瀬とか滝とか、激しい流れのあるものとかかねえ」

　お栄と北斎がそんな相談をしていると、玄関の戸を叩く音がして、三代目の蔦屋重三郎が入ってきた。まだ二十代前半の若者だ。

　安永から寛政年間にわたり、斬新な発想の黄表紙本や浮世絵を次々と刊行して、江戸の町に一大旋風を巻き起こした出版界の風雲児、蔦重こと初代の蔦屋重三郎。彼が亡くなってもう三十年あまりが経つが、彼が立ち上げた版元の耕書堂は、まず番頭の勇助が二代目蔦重として跡を継ぎ、そしていまはこの年若い三代目が取り仕切っている。

体は文机のほうを向いたままで、面倒くさそうに首だけをひねって顔を向けた北斎に対して、若き蔦重は折り目正しく正座して深々と頭を下げた。それを横で見ていたお栄と常次郎は、いつになく重苦しい蔦重の表情にたじろいだ。

「どうしたんでえ三代目。浮かぬ顔をして」
「浮かぬ顔をしているのは誰のせいだと思っているんですか先生。本当に呑気なお方だ」

初代重三郎の血を引くこの若者は、実直でそつがなく、初代が立ち上げていまやすっかり江戸有数の巨大版元となった耕書堂を立派に切り盛りしていた。

まだ若いのに経営の才はかなりのものだと、その能力は誰もが認めるところだ。だが北斎に言わせると「初代には遠く及ばねえ。客に媚びすぎるんだ、あいつは」と妙に手厳しい。

「あいつは商売人としての筋はいいんだが、あちこちに気を使いすぎて頭でっかちになってるのがいけねえ。みんなにどやされようが周囲にそっぽを向かれようが、どんと堂々と構えていられるようになりゃ、いい版元の主になるのにな」と事あるごとに周囲の者に惜しそうに語るのは、北斎なりの期待の裏返しだろうか。

そんな三代目蔦重が、苦りきった顔で北斎に文句を言う。

「先生。あっしが悩んでいるのはね、例の、先生の将軍様へのお目見えの件ですよ。聞くところによると先生、二つ返事で受けちまったらしいじゃないですか」

「受けちゃ悪いのかよ。将軍様からのありがたい申し出だぞ。だいたい断っちまったら、下手したら無礼者呼ばわりされて殺されるぞ」

「そりゃそうなんですがね……でも、そこはものは言いようで、たとえば『しがない浮世絵師風情には身に余る光栄で、大変畏れ多いことゆえ憚らせて頂きます』とでも言っておけば、角を立てずにお断りもできますでしょうよ」

説明のためとはいえ「しがない浮世絵師風情」と言われて、北斎は少しだけムッとした。

「オイオイなんだそりゃ。だいたい、お声がかかった当の本人の俺がこんなにお目見えを喜んでるのに、なんでわざわざそれをお断りしなきゃなんねえんだよ」

するとお蔦重は、噛んで含めるように北斎を諭した。

「それはね先生。浮世絵師みてえな稼業やってる人間が、お上にホイホイ尻尾を振っちまったらもう、おしまいだからですよ」

北斎は蔦重の言葉に到底納得がいかない様子で、不服そうに言った。

「そんなもんかね」

「ええ。おしまいです。浮世絵師が喜んで将軍様の呼び出しに出向いていって、目の前で望まれるままに絵を描いたりなんかしたら、江戸中の人々から一斉にそっぽを向かれちまって、この先さっぱり商売にならなくなりますわ」

「たかがお目見え風情が、そんなたいそうな話かよ」

「ええ、たいそうな話です。これは大問題です」

蔦重はきっぱりとそう言い切った。

「ほら先生、江戸の人たちは老いも若いも、そろってお上が大嫌いでしょう。幕府の奴らは庶民から金を巻き上げて贅沢三昧、それで偉そうにふんぞり返っては、あれをやってはならぬ、これはけしからん、とうるさいったらありゃしない。

でもね浮世絵ってのは、そんな憎たらしいお上に何度も何度もご禁制を食らいながら、それでもあの手この手で禁則をかいくぐり、しぶとく生き残ってきた庶民の絵なんです」

眉を怒らせて熱く語る蔦重に、ぼんやりとした顔の北斎がぶっきらぼうに答える。

「そりゃあまぁたしかに、女の裸の絵はご禁制できても、女の裸を見てえっていう男の気持ちに禁制はかけられねえもんなぁ」

「そうです。そして、この世に女の裸を見たい男がいる限り、たとえお上がどれだけ禁じようが、絶対に描いて売ってやるってのが浮世絵の心意気ってもんです。

　寛政のご改革の時も、俺たちは本当にひでえ目に遭いましたが、それでもただ、客に面白い絵を届けてえ、いい絵を見せてえという一念で、ずっとやってきたじゃないですか」

「そうだな。お上がどんなに禁じようと、俺たちは何がなんでも裸を描き続けてやるんだと。だって俺たちは絶対にこれが見たいんだからと」

「そうです！　見たい奴には見せてやるんですよ！　それの何が悪いんだと」

「幕府の犬ども、俺たちに女の裸を見せやがれ馬鹿野郎！　と」

「ええ。俺たちは絶対に諦めねえ、何がなんでも女の裸を……ってあのねェ先生。浮世絵は何も枕絵だけじゃねえですよ。ため息が出るような美人画もそう、贅を尽くした役者絵だってそう」

「そんなもんかね」

さっきから、北斎と話しているとなんだか調子が狂う。のれんに腕押しだ。蔦重はうんざりしたが、この呑気な巨匠をその気にさせねば浮世絵の未来はない。

「いいですか先生。浮世絵が描いているのは、しがない市井の人々のささやかな夢なんです。わずかな日銭を稼いで、汲々としながら懸命にその日暮らしをしている庶民だって、少しくらいの夢を見たっていいじゃないですか。

立派な肉筆の掛け軸は、金が有り余ってるお大尽しか手に入れられませんが、蕎麦一杯の金で買える浮世絵なら庶民でも十分に手が届く。絢爛豪華な役者絵を見て、つらい憂き世をひと時だけでも忘れて、夢のような芝居の世界に浸る。これこそが浮世絵ってもんでしょ。だからこそ江戸の人たちは、浮世絵こそ自分たちの絵だと信じて、いままでずっと支えてきてくれたんです。

だから俺たちは、お上がどんなに理不尽なことを言ってきても決して屈しない。これからも人々に浮世絵という夢を届け続ける。それが俺の願い、ひいては初代蔦屋重三郎が興した耕書堂の願いなんです！」

熱っぽく語る三代目蔦重に対して、北斎の態度はどうにも白けている。

「うーん。あのちゃらんぽらんな蔦重の野郎が、そこまで立派なこと考えてやってたもんかねえ。俺にはそうは思えねえんだがなぁ……」

三代目蔦重は、気合に欠けた北斎を叱りつけるように力強く訴えた。

「しっかりしてください先生！　初代の頃はそれでもよかったのかもしれませんが、いまはもう時代が違うんです。いまの浮世絵は、言うなれば幡随院長兵衛、あるいは最近話題の鼠小僧次郎吉のごとき、弱きを助け、強きをくじく庶民の味方なんですから」

「……なんだか窮屈だなオイ。もっと気楽にやろうぜ蔦重よぉ」

「先生はもう少し、ご自分のお立場をわきまえてください。あなたは天下第一の浮世絵師、葛飾北斎――」

すかさず、北斎が訂正する。

「いまの俺は北斎じゃねえ。為一に改名したって何度も言ってるだろう」

「為一でも北斎でも、名前なんてどうでもいいんですよッ！　先生は浮世絵界を代表する大看板なんですから、それにふさわしい――」

苛立ちのあまり、蔦重の口調もつい荒くなるのを止められない。膝立ちになって身を乗り出した蔦重を、北斎が静かに手で制した。

「ちょっと落ち着け蔦重。おめえ、なんか勘違いしてんな」

「は？　何がですか先生？」

「あのなぁ蔦重よぅ。悪いがそもそも俺、自分が浮世絵師だなんて、いままで一度も考えたこたぁねえぞ」

江戸で一番、浮世絵で金を稼いでいる人間が、どの口でそれを言うのか。

「は？」

「俺は別に、浮世絵師なんかじゃねえっつってんだよ。俺は若い時分は琳派もやってて、俵屋を襲名して宗理って名乗ってたこともある。大金持ちに頼まれて絹地に掛け軸を描くことだって多い。

今時分はたまたま浮世絵の仕事がちょっと当たったからそれが多いってだけで、浮世絵なんて正直、俺にとっちゃあ世に数多ある絵の中のひとつでしかねえ」

「はあ？」

あまりにも無責任な「浮世絵界を代表する大看板」の言葉に、若い蔦重はついカッとなって、気が付けば北斎に食ってかかってしまっていた。

「先生、いくらなんでもそりゃねえぜ。俺ぁガッカリですよ！

だいたいねえ先生、先生だって過去のご禁制で、いろいろと嫌な目に遭わされてきたじゃないですか。昔に出した先生の『潮来絶句集』だって、最高の出来だったのに罰せられて発禁だ。幕府にあんなひでえことされて、黙ってられるんですか先生。アンタの心には、意地とか心意気とか、そういったもんはねえんですかい？」

だが、蔦重にここまで言われても、北斎の心には一向に響かない。

「ああ。あれは摺りが豪華すぎるっていって版元が罰せられただけだからな。俺は別に何も食らっちゃいねえ。まあ、あんたのとこは先代が手鎖になるわ版木は無駄になるわで踏んだり蹴ったりだったろうが」

「でも、自分の絵が世に出なくなったんですよ？　悔しいでしょう」

「別に。だって俺、世に出すために絵を描いてるわけじゃねえし」

「……」


馬耳東風。豆腐にかすがい。柳に風。

あまりの会話の嚙み合わなさに、蔦重はとうとう心が折れてしまった。

そうだった。この人は画狂なのだ。

蔦重が日頃から付き合っている凡百の絵師たちとは違って、この人には絵で自分を表現したいとか、どんな絵が描きたいとか、そういう狭い了見は一つもないのだ。ただひたすらに、描くことが楽しくて呼吸するように描いている。

だから、描いたものが人に評価されようがされまいが、内容を批判されようが禁止されようが、売れようが売れまいが、この人には微塵も関係ない。なぜなら本人は、絵を描くという行為さえできていれば、ただそれだけで満足だからだ。

まるで雪舟だ。

幼い頃、絵に夢中になりすぎて寺の務めを怠り、罰として柱に縛られたら涙で地面に鼠の絵を描いていたという、雪舟と同類の人なのだ。

かなわねえ。次元が違いすぎて、なんだかこっちが馬鹿者みたいに思えてくる——

蔦重は、目の前に座るこのみすぼらしい老人に対して、深さの見えないまっ黒な淀みをのぞき込んでいるような、不気味さと恐ろしさを感じた。

「俺は若い時分から、ただ描いてるのが楽しいから描いてるだけなんだよ。で、そうやって延々と描き続けて還暦も越えちまうともう、最初は楽しいから描いてたつもりだったたのが、もはや描かねえと落ち着かねえ、描いてない自分が想像つかねえって、完全にひっくり返っちまってるわけだ。

だから、お上に止められようが一枚も売れなかろうが、俺は描くんだ。生け簀に放り込まれて泳ぐのを止められたら死んじまう、鰹みてえなもんだ俺は」

北斎はそう言ってハハハと呑気に笑う。

ああ、こりゃ駄目だ。話の前提が違いすぎて、これじゃ永遠に話が進まねえ——

観念した蔦重は、北斎が若かりし頃に切磋琢磨し合った仲間たちを引き合いに出して、情に訴える作戦に切り替えた。

「そんなぁ……先生にそんな薄情なことを言われちまったら、いままで一緒に浮世絵や読本で頑張ってきたみなさんが草葉の陰で泣いてますよ。うちの初代蔦重もそう。山東京伝先生も、歌麿先生も……」

ところが、美人画の巨匠・喜多川歌麿の名前が出たところで、北斎は急にげらげらと笑いだした。

「わはは。蔦重と京伝は分からんでもないが、歌麿の阿呆が悲しむわきゃねえよ」

死者を馬鹿にされたような気がして、蔦重は気色ばんだ。

「悲しんでいるに決まってるじゃないですか！　歌麿先生だって、お上から手鎖の刑を受けながら、ただひたすらに美しい浮世絵を届けたいって思いで頑張って描き続けたんですよ。みんな、それぐらいの気概をもって、命がけで浮世絵と向き合ってきたんです！　それなのに先生、あなたって人は——」

ところが北斎は、歌麿の話がとても滑稽だったらしく、腹を抱えて大笑いしている。

「はははは ッ。歌麿が命がけで浮世絵と向かい合っただぁ？　何寝ぼけたこと言ってんだよ馬鹿野郎。おめえ、初代からあの頃の話を聞いたこと、あんまねえだろ」

「昔語りは野暮だって言って、ほとんど何も語ってくださらない方でしたから……でも、代わりに古い番頭さんや同業のご隠居衆から何度も聞かされました」

「じゃあ、その話が盛りすぎなんだよ。まったくよお、どいつもこいつも自分に都合のいいことしか話さねえもんだから、勝手に美化されてやがる」

「へ……？」

北斎は遠い目をして、まだ自分が二十代かそこらの駆け出しだった頃の思い出話を始めた。北斎も昔話にまるで興味がなく、普段なかなかこういう話をしてくれないので、浮世絵が好きで好きでたまらない常次郎としては興味津々でならない。横に座って懸命に聞き耳を立てていた。

「あのな。歌麿って奴はな、ただの人並み外れた助平野郎だ。そんなたいしたタマじゃねえ。

あいつは、コンニャク芋みてえなゴツイ顔のくせにやたらと小心者で、面と向かったらまともに女と話もできねえような、極端な奥手だったんだよ。だから女にはちっともモテなかったが、とにかく人一倍、女好きだった」

「……そうなんですか？」

なんだか、常次郎が勝手に思い描いていたのとはだいぶ違う。喜多川歌麿といえば誰もが知る美人画の伝説の巨匠で、その洗練された瀟洒な画風から、てっきり女あしらいに慣れた粋な遊び人なのだとばかり思っていた。

「それであいつは、理想の女に逢いてえ、理想の女に逢いてえって一人でずっと悶々としながら、毎晩吉原をうろついてたんだ。

かといって奴には、店に入って女郎と話す勇気なんてものはねえ。だから軒先から置屋をのぞき込んで、目についた女郎の姿を遠目でじーっと見つめていたんだ。

しまいには女郎のほうが気味悪がっちまって店に言いつけるもんだから、よく店の若い衆に殴られて引き剝がされてたよ。そんな、本当にどうしようもねえ男だったんだ、あいつは」

蔦重はそんな話、番頭や古株たちから一度も聞かされたことはない。

若い女性の美しさは移ろいやすい。そんな女性のはかない美しさに歌麿先生は魅了され、なんとかしてその美を紙の上に永遠に留めたいと願い、廓に通ってその姿を目に焼き付けたのだ――なんて話なら飽きるほど聞かされたが。

「でも、現実の世界にそんな都合のいい女がいるわけがねえ。

だから、あいつは仕方なく家に籠って、自分が頭に思い描いた理想の女を絵に描いて、行き場のない情欲を発散してたんだ。で、それを初代の蔦重が目ざとく見つけだして、こいつの描く女の絵は色気がすげえってんで大々的に売りだして、一躍人気の絵師になった」

こんな話、聞かなきゃよかったと常次郎は思った。

北斎に弟子入りして家の汚さに絶句した時にも思ったが、美しい絵を描く人ってのはどうしてこう、人間性がちっとも美しくない人ばかりなのか。

「なんだか、僕が思っていたのと全然違いますね……」

「あいつにとっちゃあ絵を描くことだけが、モテねえくせに人一倍あり余ってる助平根性のはけ口だったんだよ。

だったらよう、そんなもん、手鎖を食らおうが牢にぶち込まれようが描くに決まってんだろ。描くよ。だって、そうしねえと体の疼きが止まらねえんだから」

自分が知っていたのと全然違う話を聞かされ、若き蔦屋重三郎はすっかり勢いをくじかれて、しょんぼりと黙りこくってしまった。

「ま、歌麿はそんな奴だったから女以外の絵を描く理由が一つもなかったが、その点俺は、なんであれ絵を描けてりゃそれで満足な画狂人だからな。

俺は描くものに一切のこだわりはねえ。美人を描くな、枕絵はやめろと言われたら風景を描く。多色刷りはぜいたくだと言われたら墨一色で描く。浮世絵はやめろと言われたら掛け軸を描く。ただそれだけのことだ」

どんな風に説得しても意に介さない北斎を前に、蔦屋はついに万策尽きてしまった。とうとう、泣きつくように北斎にすがりついて懇願した。

「先生。先生のお気持ちはよーく分かりました。たしかに先生くらいのお方になれば、浮世絵なんかにこだわらずとも、平気でやっていけるのでしょう。

だけどこの渡世には、このちっぽけな浮世絵の世界にぶら下がっていねえと生きていけねえような、先生ほどには力のねえ哀れな絵師たちもごまんといるんです。そういった、か弱い絵師たちのこともどうか考えてやってくださらねえか。

なあ先生。浮世絵は江戸の華なんでさあ。その浮世絵の江戸一番の名人が、うれしそうにお上に尻尾振って、それを見て世間が白けちまったらどうなる。ああ浮世絵も最近はつまんなくなったな、なんて言われてみんなの心が離れちまったら、それで何人もの絵師がおまんまの食い上げになっちまうんですよ。

先生ェ、ここは人助けだと思って、お上に対して浮世絵の意地ってやつを見せてやってくんねえかなぁ……」

そう言って若い蔦屋にすがるように頭を下げられてしまうと、北斎は弱い。

彼は極度にぶっきらぼうで偏屈な人間だが、義理人情の通じない男ではない。むしろ絵に関する依頼では、相手から熱い思いをぶつけられると、たとえそれが自分の損になる話であっても、あっさりと安請け合いしてしまうことが多かった。

「たしかに、お上にホイホイ尻尾を振るのは情けねえことだとは俺も思うけどよ。かといって、世間にホイホイ尻尾を振るのも、同じくらい情けねえことだと俺は思うけどなぁ……」

そんな風にぼやきながらも、蔦屋の頼みを突っぱねることはなく、一緒になって悩んでやっている。

「お上にはもう返事しちまったから、いまさらもうお断りするのは難しいわなあ。まあ、何か別の手を考えるわ」

それから数日が経った。北斎は心底うんざりしていた。

将軍へのお目見えが決まって以来、町役は北斎がフラフラと出歩いて揉めごとに巻き込まれないよう、ずっと家の近くで見張っている。それで北斎が外出しようとすると「大事なお体ですから、どうかご自愛ください」と言って止めてくるのだ。

そして、近所の顔役やら、どこぞのお偉い坊さんやら、いままで北斎がこの町に住んでいたことすら知らなかったであろう連中が、ひっきりなしに北斎の家を訪ねてくるようになった。

彼らは長年の知己にでも会いに来たかのような態で馴れ馴れしく北斎に話しかけてきては、したり顔で彼の絵を褒め称え、毒にも薬にもならないような挨拶をして帰っていく。

北斎はもともと、家の壁に「挨拶不要、土産不要」と書いた紙を貼っておいて、版元がわざわざ挨拶に来ても、返事もせずその紙を指さして、不機嫌そうな顔で無視し続けるような不愛想な人間だ。それで過去にも、大藩の家臣であったり有名な歌舞伎役者であったり、多くの者を激怒させている。

当然、このような連中にも北斎は同じような態度で対応したのだが、今回はいつもと様子が違って、さすがの北斎も大いに困惑した。

どれだけ北斎が冷たく接しようが、挨拶に来た者たちは愛想のよい態度を一切崩さないのである。そして薄っぺらい笑いを頬に貼り付けたまま、

「さすが先生、巨匠たるもの、安易な追従はせぬということですな」

「これはこれは大変手厳しい。先生のお言葉に、私めはタジタジでござります」

「いやはや、先生の威風たるや、まさに天下一の絵師にふさわしいですなぁ」

だのと、てきとうなことを言ってさんざん持ち上げた挙句、そのまま北斎を無視して、にこやかに一方的な会話を続けるのである。

「なんでえこいつら。ブツブツ言ってるだけで会話にならねえ幽霊かよ」

北斎はだんだん気味が悪くなってきて、将軍様への謁見を引き受けたのは失敗だったかなと少しだけ後悔しはじめた。


そんなある日、これ以上ない名案を思い付いたといった風情で、蔦重が目をキラキラさせながらやってきた。いつものように折り目正しく正座して深々と頭を下げると、挨拶もそこそこに、生き生きとした声で話を切りだす。

「先生、鶏で龍田川をやってはどうですかね？」

「なんでえその、鶏で龍田川ってのは」

怪訝そうな顔をする北斎に、蔦重は自信満々に答えた。

「将軍様へのお目見えはもう避けられねえですから仕方ないとして、ただ黙って絵を描くだけじゃつまらねえでしょ。

だから、お目見えの席であっと驚く趣向をやってみせて、将軍様の度肝を抜いてやるんですよ。そうすりゃ、浮世絵師ってのは将軍様を前にしても一切ひるまねえで、やっぱり何かをしでかしてくれる面白え奴らなんだって、世間様にドーンと見せつけられるじゃあないですか」

「はあ」

「鶏で龍田川ってのはですね、まずお目見えの場に、鶏を籠に入れて持っていくんです。で、まずは先生が巻物に、群青の絵の具で流れる川の絵を描く。そしたら次に鶏の足の裏に朱を塗って、川の絵の上を走らせるってわけですよ。絵の上についた鶏の足跡を赤い紅葉に見立てて、それで紅葉で名高い『龍田川』が一丁できあがり、というわけです」

「へえー。そいつは面白そうですね」

横で話を聞いていた常次郎が素直な感想を述べると、蔦重はうれしそうに言った。

「だろ？　ただ絵を描くだけじゃ当たり前すぎてつまらねえ。その点、これなら何が起こるか分からねえ面白さがある。しかも、将軍様の御前だというのに、あえて鶏に描かせるというのが、いかにも人を食った感じで最高じゃねえですか」

「でも、怒られませんかそれ？」

心配そうな顔をした常次郎を、蔦重は自信たっぷりに笑い飛ばした。

「大丈夫大丈夫。もしそれでお叱りを受けたら、『先の見えない面白さ、これこそが浮世絵の神髄でござります』とでも切り返せばいいんですよ。そしたら江戸の人々は、将軍の前でよくぞ心意気を見せた、って大喝采間違いなしでさ」

「あははは。いいですねそれ。将軍様がポカーンと口を開けて、呆気にとられている姿が目に浮かびます」

常次郎と蔦重は楽しそうに二人で盛り上がっていたが、それに水を差すように北斎がボソッとつぶやいた。

「……でもよ、鶏の足は三本指。紅葉は五本指だぞ。全然似てねえ」

「え?」

「おめえらまた、てきとうに物を見て形を分かった気になってるだろ。いいか、鶏の足ってのは前向きに指が三本、後ろに一本。それに指は細くて幅がすぼまってて、箒みてえな形をしてるんだ」

そう言って北斎は、そこにあった反故紙の上にさらさらと鶏の足跡を描いた。

「それに対して紅葉は五本指。根元のほうの小さいのを足せば七本指。思ってる以上に幅は広くて広がっていて、人間の手みたいに掌がある。

ほれ、こうして並べて見比べてみろよ。実物を見ないで考えてるとなんとなく似てるような気がするが、鶏の足と紅葉なんてよく見るとまったく別物だ」

北斎が横に描き足した紅葉の絵と比べてみると、たしかに鶏の足跡と紅葉は似て非なるものだ。蔦屋は慌てて言い訳をした。

「いや先生。たしかによーく見れば鶏の足跡と紅葉はまったくの別物ですよ。でも、遠目に見てる人はそこまで細かい違いは分かりゃしねえです。

目の前で始まった趣向を見れば、ああ、これは紅葉を描く代わりに鶏を走らせるということだな、こいつは機智に富んでいて面白い、と分かってくれますよ。何もせず普通の絵を描くより、こっちのほうが数倍面白えのは確かじゃないですか」

蔦重はそう言って自分が考えた案を懸命に推したが、北斎はあまりピンと来ていない様子で首をひねっている。

「先生だって前に言ってましたよね、席画は客がすぐ飽きるって。それで先生も昔、そこいらへんで遊んでいる童を呼んでぽたぽたと紙の上に墨をこぼさせて、それを即興でつないで見事な幽霊の絵を描いたそうじゃないですか」

「ああ……まあ、たしかにずっと昔、そんなのをやったこともあったっけかなあ」

「それと同じですってば。ねえ頼みますよ先生。この一戦に浮世絵の未来がかかっているんです。将軍様の前でひとつ、この龍田川をドーンと一発ぶちかましてくれませんかね」

「うーん。そんなに思ったとおりに上手くいくもんかねえ。俺はあんまりそうは思わねえけどなあ……」

北斎は最後まで腑に落ちない顔をしていたが、最後は浮世絵界の未来を想う若い蔦重の熱意に押し切られるような形で、この「鶏で龍田川」の企画を採用することにした。蔦重は喜び勇んで、尾羽の美しい雄鶏を調達すべく駆け回った。

絵描きの将軍御上覧は、松戸で行われた鷹狩の帰り、将軍徳川家斉が浅草の伝法院で夕食を取った際の座興として行われた。呼ばれたのは北斎と、文人画の名手、谷文晁（たにぶんちょう）の二人である。

描く順番は谷文晁が先となった。絵師としての格からいっても、南画（なんが）の重鎮である文晁を差し置いて、市井の絵描きにすぎない北斎が先に描くことは憚られるだろう。文晁の絵道具と、掛け軸にする大きな広幅の紙が将軍の目の前に並べられると、文晁は進み出てゆっくりと平伏し、折り目正しく挨拶を述べた。

控えの間で待機する北斎と蔦重は、襖をわずかに開いてその様子をこっそりとのぞき見ている。

「へへっ。先生見てくださいよ。文晁の野郎、さっきから解説も語りも何もせず、黙りこくったままクソつまんねえ山水画を馬鹿丁寧に描いてやがる。こんなもの見せられたほうは退屈で仕方ねえや」

黒羽二重の紋付を着て、一分の隙もなく髷を整えた蔦重が、勝ち誇ったように言った。彼は、北斎が川の絵を描き終えたあとに鶏を放すための介添役としてこの場に同行している。

「まったく、先生が仰っていたとおりだ。将軍様も最初は興味深げにご覧になってたけど、途中から飽きて膳をつまんでばかりだ。こりゃあ、いけますぜ先生」

そう言って蔦重が鳥籠をなでる。彼は、この晴れの舞台にふさわしい、緑がかった黒い尾羽と鶏冠が見事な雄鶏を選び抜いてここに連れてきていた。

北斎は、そんな蔦重の得意げな言葉などさっぱり耳に入っていないかのように、さっきから谷文晁の筆さばきを襖のすき間から真剣な目でじっと見つめていた。

所定の時間を大幅に超過して、ようやく文晁の絵が仕上がった。

文晁が掛け軸を持って将軍のほうに向けると、ぱらぱらと静かな拍手が起こる。文晁が平伏してお礼を述べると一斉に片付けが始まり、入れ替わりに北斎の画材が持ち込まれ、手際よく並べられていく。

「よし。これはもらったぜ先生！　いい塩梅に場が盛り下がって、みんな退屈な絵描きにうんざりしきってやがる。

ここで一丁、先生の強烈な『龍田川』をぶちかませば、文晁みたいな気取ったクソ野郎の印象なんて、一発で吹き飛んでしまいますよ！」

そんなことを言って息巻いている蔦重を置いて、北斎は襖を開けてスタスタと控えの間を出て行ってしまった。そして、絵を描き終えて下がってきた文晁のところに歩み寄り、親しげに声をかけた。

「久しいな文五郎。腕前は相変わらずで安心した。やっぱり、山を描かせたらおめえに並ぶ者はそうそういねえ」

「おう、鉄蔵か。顔を見たのは久方ぶりだが、こりゃピンピンしとって当分死にそうにはないな。いやあ達者で何より何より。まあせいぜいがんばれ。わっはっは」

　文五郎と呼ばれた谷文晁は、北斎の顔を見るとたちまち相好を崩し、ニッカリと白い歯を出して豪快に笑った。

「えーと、お主はたしか数年前に北斎をやめて、今の名前は戴斗じゃったか、辰政じゃったか、可侯じゃったか……」

「為一じゃ。一に為ると書いて為一。還暦を越えて一に戻ったもんでな」

「だっはっは。そんだけ欲と業にまみれて、今さら一に戻るとは白々しいな。白々しいが、いかにも鉄蔵らしいわ。まあせいぜいがんばれ」

　その様子を見て蔦重は真っ青になった。

　おいおい、二人が知り合いだなんて聞いてねえぞ。しかも見たところ二人はかなり仲がよさそうだ。それも知らずに俺、さっきから北斎先生に文晁先生の悪口をさんざん言っちまったじゃねえか。

「おう、そうだ文五郎。俺も古稀を前にして、もうそろそろ、おめえのように山を描いてもいい頃じゃないかと思いはじめてきたんだが」

「山を描く！　そいつぁ楽しみだな。まあせいぜいがんばれ。で、なんの山を？」

「富士だ。いろいろな場所からいろいろな趣向で眺める、たくさんの富士。構想はとっくに頭の中にあるんだが、残念だが俺の腕前がまだ追っついてない」

「そうかそうか。たしかに富士は難物じゃ。儂も描くたびに雄大すぎて吐きそうになる。まあせいぜいがんばれ」


文晁はニヤリと満足そうに笑うと、北斎の肩をポンポンと叩いて控えの間に入っていった。文晁の姿が見えなくなったところで、蔦屋が小声で文句を言う。

「ちょっと先生！　文晁先生とお友達だったんなら、最初からそう言ってくださいよもう。さっきの俺の言葉、まさか本人に聞こえてたりしてないですよね」

「だからよお蔦重。俺は、自分のことを浮世絵師だなんて思ったことは一度もねえって何度も言ってるだろうが。

　安心しろ、あいつとは友達なんかじゃねえ。俺が琳派をやって俵屋宗理を名乗ってた頃からの腐れ縁だ。昔はお互いに血の気が多かったから、よく殴り合いの喧嘩をしたもんだ。会ったのは五年ぶりくらいだが、まったく、相変わらず殺しても死にやしねえようなくそ爺だ」

蔦重は、あなたもたいして変わらないですと思ったが黙っていた。

画材の準備が整い、とうとう北斎が絵を描く番がやってきた。

蔦重は今までに北斎の絵をいくつも見てきたが、宴席で即興で描く席画を見るのは初めてだ。

かつて北斎は名古屋の本願寺で、百二十畳敷きの料紙の上に、箒のような巨大筆を使って見事な達磨の絵を描いている。そんな話も聞いているから蔦重に不安はなかったが、それでも北斎の実力のほどを自分の目で見たわけではない。

ましてやここは将軍様の御前という、これ以上なく緊張感の張り詰めた舞台である。蔦重は鶏を出し入れする際の介添役であり、北斎の少し後ろに黙って控えているだけなのだが、それでも胸が痛くなるほどにバクバクと心臓の鼓動が速まるのを禁じえない。

突如、北斎の凛とした張りのある声が、広い堂内の静寂を破った。

「このたびは、私めのような卑賤の者を、このような素晴らしき席にお招き頂きましたこと、大変畏れ多く、また光栄なことと、将軍様のご厚情に心より御礼申し上げます」

蔦重はあまりの驚きに唖然とし、目の前で深々と平伏する老人の背中を呆気にとられてしばし見つめていたが、慌てて自分も額を畳にすりつけた。

——アンタ、そんな声、出せたんかい。

北斎はゆっくりと頭を上げると、朗々と大きな声で挨拶を述べた。

「私こと、葛飾北斎改め葛飾為一は、宝暦十年の生まれにして齢はすでに還暦をとうに越え、無駄に余命を永らえている、しがない老翁にすぎませぬ。

しかしながらこの私、六つで初めて絵筆を取って以来、一筋に絵を描き続けて幾星霜。ひたすらに描いた歳月の長さだけは、多少なりとも自負するところにございます。今宵はその練達の技をとくとご照覧頂き、この素晴らしき宴席のおなぐさみとして頂ければ、無上の喜びにござります」

まるで歌舞伎役者のような、はきはきとした見事な口上である。北斎はいつも無口で、話す時もブツブツと機嫌の悪そうな小声でしゃべる。そんな北斎にまさかこんな器用な芸当ができるとは露ほども思っておらず、蔦重は意表を突かれ、そして圧倒された。

そうだった。先生は席画でも超一流なのだ。

超一流ということは、絵だけでなく語りも上手にできるということなのだ。

宴席に出張し、その場で出される注文に応じて即興で絵を描く席画は、文人や豪商の酒宴の座興のひとつとしてよく行われていた。

席画はただ絵が上手いというだけでは務まらない。特に、読本の挿絵や春画も描いた北斎のような大衆絵師に求められたのは、場の空気に合わせて機智に富んだ絵を描いて宴席を盛り上げ、客を楽しませることだ。

谷文晁のような文人画の世界の席画であれば問題はなくとも、北斎が歩んできた大衆画の世界で、ただ黙って描くだけでは席画描きの名人とは言えない。そして北斎は、この分野においても自らの技能を極限まで磨き上げ、最高の腕前を身につけているのだった。

北斎も若い時分は、得意客からよくお声がかかって席画をものにしていたのだが、最近は年を取って賑やかな席を厭うようになり、もう何年もやっていない。だが、さすがの昔取った杵柄で、その腕前はまったくもって錆びついてはいなかった。

北斎は筆を取ると、蔦重の脇に置いてある鳥籠を指さした。蔦重はすかさず、籠の中の雄鶏が将軍によく見えるように籠を高く掲げる。

「将軍様に最初に御覧に入れますのは、こちらにおります雄鶏の絵にござります。かつて京には、伊藤若冲という鶏の絵の名手がいたとのこと。その名声たるや四海に轟きわたり、この為一も大いに耳にするところにござります。ただし誠に残念ながら、卑賤の身であるこの私めには、世に名高いその若冲の鶏の絵を見ることはとても叶いませぬ。それゆえ、若冲の鶏とこの為一の鶏と、どちらがより真に迫るものであるかは、将軍様のお目で、今日この場でしかとお確かめ頂きたいと存じます」

一切のよどみなくそう言いながら、北斎はすらすらと筆を紙の上に走らせた。口上を述べている間も、北斎の手が止まることはない。最初に朱で鶏冠が手早く描かれ、そのあとに墨で首と胴体が描き足される。最後に黒と緑で見事な尾羽が描かれると、ものの数分で生き生きとした雄鶏の絵が完成した。

「京の若冲と、江戸の為一。はてさてどちらの鶏に軍配が上がるものでしょうか」

そう言って描き上がった絵を顔の横に掲げて将軍に見せると、将軍家斉は満足げにゆっくりと手を叩いた。それに従って周囲の者たちも拍手をしたので、座は拍手喝采に包まれた。

つかみは順調だ。次に北斎は巻物を手に取ると、鮮やかな手つきで畳の上にパッと広げた。

「続きましてはこちらの巻物。これよりこちらに、あるものを描きます。はてさてどのような絵が現れますかは見てのお楽しみ。まず手に取ったるはこの大筆」

北斎は大筆にたっぷりと紺青の絵の具を含ませ、迷いのない手つきでサッサッと巻物の上に走らせていく。筆が走るたびに飛沫がパッパと飛んで紙にしみを作ったが、そんなものはおかまいなしとばかりに描き進めていく。その豪快な有様は、絵画というよりはまるで書道のようだ。

最初は北斎が何を描いているのか、誰にもさっぱり分からなかった。ところが、少しずつ筆が足されていくにつれ、それが波濤を立てて流れていく激流であることが徐々に見えてくる。一見、乱暴にただ振り回しているだけに見えていたその筆遣いが、実は絶妙な間合いで操作されていることに人々が気付く頃には、見事な清流が巻物の上に広がっていた。人々の口から、思わず感嘆のため息が漏れる。

「さて、ここに描かれましたる清らかな渓流。はてさて、この川はいずこの川にござりましょうか。さては、かの松尾芭蕉が句に残した、五月雨を集めて早し最上川。あるいは常陸・筑波嶺の、峰より落つる男女川。否。その答えは、さきほどこの為一が描いた、こちらの鶏がきっと示してくれることにございましょう」

そこで北斎は蔦重にさっと目配せをした。蔦重は慌てて鳥籠を差し出して籠の蓋を開く。北斎はぐっと鳥籠を引き寄せ、籠の中に手を突っ込んで雄鶏の首をむんずと摑むと、鳥籠から取り出して高々と掲げて見せた。首を摑まれた雄鶏は何が起こったのかも分からぬまま、身動きが取れず口をポカンと開けて呆然としている。

すかさず北斎は筆を取り、鶏の足にべたべたと朱を塗りたくりはじめた。

いきなり始まった北斎の突拍子もない行動に、その場の一同は果たして喜んでいいのか眉をひそめればいいのか、決めかねてただ息を呑んでいた。

そうこうするうちに手早く朱を塗り終わった北斎は、真っ赤になった鶏の足を巻物の上にどんと力強く押しつけると、高らかに声を上げた。

「さあさあみなさまご覧あれ。こちら、生駒の山から流れ落ちる龍田川にございます。嵐ふく三室の山のもみぢ葉は、龍田の川の錦なりけり。古来より紅葉の名所と謳われた、その龍田川の中秋を、さきほど為一の描いた雄鶏が、みなさまの目の前でご覧に入れて差し上げましょうぞ」

高らかな北斎の口上は、実に手慣れた見事なものだった。

だが、雄鶏がそれについてこない。

放たれた雄鶏は周囲をきょろきょろと見回しながら、一か所をぐるぐると歩き回っている。巻物に描かれた長い川のうち、最初に鶏が置かれた場所の周囲だけに赤い足跡が点々とついた。

「ほれ、歩け歩け。あっちだあっちだ」

慌てた蔦重が中腰のまま進み出て、小声で呼びかけながら両手で雄鶏を追い立て、龍田川の絵の下流のほうに歩かせようとする。

しかし雄鶏はどこ吹く風で、さっきから同じ場所で足踏みを続けるばかりだ。あっという間に、その辺りだけが真っ赤な足跡だらけになった。

「こら！　そっちじゃない、あっちに行くんだ！　早く行け！」

焦った蔦重が血相を変えて雄鶏を追い回しているのに、とぼけた顔をした雄鶏がどこ吹く風でその場をウロウロし続ける様子があまりに滑稽だったものだから、周囲から思わず失笑が漏れた。

蔦重は恐る恐る、ちらりと将軍のほうに目をやった。普段は決して乱れることのない完成された芸ばかりを目にしている将軍様が、目の前で繰り広げられているこの珍芸をもの珍しそうに眺めている。蔦重は目の前が真っ暗になった。

顔面蒼白の蔦重は、ますます必死になって鶏を追い回す。だが、しつこく追い回された雄鶏は川下のほうに走って逃げてくれるどころか、とうとうバサバサと羽ばたいて、巻物の上から飛び出してしまった。

飛び出した鶏が、将軍様や居並ぶ幕府の重臣たちの席に乱入してしまったら目も当てられない。絶対に粗相があってはならぬと、蔦重は転がるようにどたばたと駆け出して鶏に追いすがった。そして、着地して再び羽ばたこうとする鶏の上に倒れ込むようにして飛びつき、やっとのことで両腕で抱え込んで身柄を確保する。

雄鶏は雄鶏で必死である。恐ろしい形相をした追跡者から逃げだそうと、蔦重の腕の中で精いっぱい羽をばたつかせ、胸やら首やらを嘴で思いっきり突いてきた。

「痛たたた！」

もちろん、蔦重だって必死さでは決して鶏に負けてはいない。どんなに嘴で突かれようが、絶対に離すまいと腕に力をこめる。ここに人間と鶏の、珍妙きわまりない大乱闘が始まった。

「こら！　暴れるな！　おとなしくしやがれ！」

蔦重が着ていた一張羅の黒い紋付は、もはや全身が真っ赤な鶏の足跡だらけだ。大暴れしたせいで抜け落ちた鶏の羽根がバサバサと派手に周囲を飛び交い、まるで紅葉が秋風にあおられて舞い散っているかのような状態になった。

この思わぬ珍騒動を見せられたその場の者たちは、将軍の御前であることをはばかって、懸命に笑いをこらえていた。しかし、鳥籠に強引に押し込まれようとする雄鶏が、最後にコケェェーと間の抜けた断末魔の悲鳴を上げたところで、一同の我慢は限界に達し、とうとう失笑は大笑いに変わった。

そしてついに、将軍までもがそれにつられて「ははは」と声を出して笑いはじめると、許しを得た人々は耐えきれなくなって、腹を抱えて笑い転げたのだった。

——この空気、どうしてくれよう。

息を切らしながら、暴れる鶏をようやく鳥籠に押し込んだ蔦屋が、畳の上に這いつくばって、半泣きの顔で北斎のほうを見上げている。

北斎は最初、凍りついたような表情のまま石像のように微動だにしなかった。その様子を見た蔦重は、ああ、先生もどうすればいいのか途方に暮れておられる、と絶望した。

だが、馬鹿笑いがひとしきり一巡し、場が少しだけ落ち着きを取り戻したところで、それまで硬い表情で固まっていた北斎は、パッと破顔一笑した。

そしてニッカリと満面の笑みを浮かべたまま、六十八歳とは思えないほどの大音声で、しれっとこう言ってのけたのだった。

「えー。こちらの巻物。

小倉百人一首にもございます、春道列樹（はるみちのつらき）の詠んだ有名な和歌、

『山川に　風のかけたるしがらみは　流れもあえぬ紅葉なりけり』

に歌われた景色を表したものにござります！」

あまりにも強引なこじつけに、ひときわ大きな爆笑がどっと沸き起こった。

北斎も、自らの冗談の強引さに思わず自分でも失笑してしまったような風情で、開き直ったように照れ笑いを浮かべている。

そして、適度にくだけた場の雰囲気を機敏に捉えた北斎は、そこから三本指の鶏の足跡に素早く朱色で二本の指を描き足して、次々と見事な紅葉に描き変えていった。

最初はなんのことか分からないような汚らしい赤い点々だった足跡が、北斎の筆できちんとした紅葉に仕上げられていくと、なんとなく春道列樹の歌にあった光景――風に吹き寄せられた紅葉が一か所に集まって、まるで川に架けられた柵（しがらみ）のようだ――のごとく見えてくるのが実に不思議だった。

「えー。先ほど我々を手伝ってくれました、赤い冠をかぶった絵師の方でございますが、彼は名を登坂亭虎渓公（とさかていこけいこう）と申しまして、いま江戸の市中で大変人気のある浮世絵師なのでございますが……少々気難しいところがございまして」

冗談めかして北斎がそう言うと、すっかり緊張が緩んだ席からはくつろいだ笑い声が上がった。

「本日は少しばかり虎渓公先生もご機嫌が斜めで、心なしか描き足りないところもあるようでございました。それゆえ、僭越ながらこの為一が、少々助太刀をさせて頂いた次第にございます」

そう言って北斎が川全体にまんべんなく紅葉を描き足し、最後に登坂亭虎渓公の落款を入れて、ようやく絵巻物は完成した。その頃にはすっかり場は和やかな空気になり、万雷の拍手の中、将軍もご満悦の様子で一緒に手を叩いていた。

翌日、朝いちばんで三代目蔦屋重三郎が北斎の長屋の門を叩いた。

ぞろぞろと蔦屋の者たちを十人ほど引き連れていたので、応対に出た常次郎はその異様な雰囲気にぎょっとした。中に迎え入れると、蔦重はいきなり北斎の前でがばと板の間に突っ伏して、泣きながら大声で詫びた。

「先生！　面目ねえ！　本当に面目ねえ！

俺は昨晩家に帰ってすぐ、首を吊って先生に詫びるつもりだったんだ。だけど番頭連中に止められて、死ぬのなら最後に先生に直接詫びを入れてからでねえと義理を欠くことになると言われたんで、しぶしぶここに来た。

俺は、俺の考えが足りねえせいで先生の名前に泥を塗っちまった。自分が馬鹿だったばっかりに、取り返しのつかねえことをしちまった！

もう、どれだけ詫びたところで詮無いことだが、これからこの命をもってせめてもの償いにするから、どうか蔦屋と耕書堂だけは見捨てねえでほしい！」

そう叫んで泣きじゃくる蔦重の後ろで、耕書堂の者たち十人ほどが黙って平伏した。きっと一人にすると死んでしまうので、蔦重を見張るために昨晩からずっと付きっきりなのだろう。

すると北斎は、ぽかんと間の抜けた顔で言った。

「……はあ？」

しばらくの間、よく分からない沈黙が流れた。

誰も何も言わないので、北斎が仕方なく口を開く。

「おめえ、何言ってんだ蔦重。昨日のお目見え、大成功だったじゃねえか」

「……へ？」

「昨晩は俺、将軍様相手にこんなに上手くいくとは思わんかったと、小躍りして帰ってきたんだぞ。今もこいつらと、その話で盛り上がってたとこだ」

まさかの北斎の言葉に絶句した蔦重が、ようやく言葉を絞りだす。

「……？　でも先生、昨日は鶏が思うように歩いてくれなくて、みんなに大笑いされて赤っ恥をかいたじゃないですか。将軍様にまであんなに笑われちまって……。これも全部、俺が龍田川やろうだなんて、くだらねえことを思いついちまったせいなんです。先生は、こんなものはきっとうまくいかねえと、あれだけ反対されていたのに、馬鹿な俺は何も分かっていなくて――」

自責の念に肩を震わせる蔦重だったが、北斎はあっけらかんと言い放った。

「ああ。そりゃまあ、どうせうまくいかねえだろうなぁとは最初から思ってたよ」

「……え？」

「でも、それで笑いを取れるなら万々歳だと考えてたから、まあ、予想どおりだな。席画なんてそんなもんさ。絵の出来栄えなんかより、場を盛り上げたもんが勝ち」

「……はあ？」

北斎は昨日の様子を思いだしたのか、愉快そうに笑いながら言った。

「そしたら蔦重、おめえの慌てぶりが本当に最高でなあ。あれで固かった場の空気が一気に和んだんだ。鶏と戦ってる最中の、半泣きになったおめえの情けねぇ顔を見た時、こいつはもらったと俺は確信したね」

「え……」

「正直言って俺は、何か手違いがあって将軍様を怒らせて、打ち首になっちまうのを一番恐れてたんだが、最後は楽しそうに手を叩いて笑ってたんだ。これ以上の大成功はあるめえよ」

「そうなん……ですか？」

「大成功に決まってんだろ。蔦重、ありがとうな。おめえが持ち込んだ龍田川がなかったら、ここまで面白いことにはならなかった」

するとと蔦重は、床に突っ伏したまま、安堵のあまり力が抜けてぐにゃりとなった。

「……ふえ……ふええええ……えええええう！」

そして、なんだかよく分からない情けない声を上げて、しばらくの間、子供のようにわんわんと泣きじゃくっていた。若き主人を案じて蔦重についてきた耕書堂の者たちも、その様子を見てようやく安堵の一息をついたようであった。

蔦重が少々落ち着いたところで、穏やかな笑みを浮かべて北斎が尋ねた。

「おう、そういえば登坂亭の虎渓公先生はどこにいる」

「あの雄鶏ですか？　もう憎んでも憎みきれねえんで、絞めて鶏鍋にして今晩の夕飯にしちまおうという算段をつけてました」

「おうおう。見事な龍田川をお描きになった大先生に向かって、なんて失礼なことをするんだ。今回の一番の手柄はなんといっても虎渓公先生なんだぞ」

「先生ェ……」

冗談めかしてそう言う北斎の言葉に、蔦重もようやく涙を拭いて、ははは と力なく笑った。

「なあ蔦重。ちょっくら、俺にしばらく虎渓公先生を貸してくんねえか？」

「え？　あんな鶏、何に使おうってんですか」

「なあに。せっかくの一世一代の将軍様へのお目見えだったんだ。ここは虎渓公先生の凛々しい御姿を団扇絵にでも描いて、摺物にして記念に売りだそうじゃねえか」

そう言うと、いつも気難しい北斎にしては珍しく、カラカラと機嫌よく大笑いした。

六．画狂老人と卍

入門して一年間ずっと、北斎の門下生の中で一番の下っ端だった常次郎にようやく後輩ができた。

名を、三田小三郎（みたこさぶろう）という。歳は常次郎の一つ下で、京橋の小間物屋、虎屋の三男坊である。虎屋は武家に納める扇を扱っているが、小三郎は物心ついた頃から売り物の扇に描かれた絵に並々ならぬ関心を示し、筆が扱える歳になったらもう、寝ても覚めても絵ばっかり描いているような子供だったという。

それで小三郎はある日、自分は葛飾北斎先生に絵を習いたいんだと親に泣きついた。親も半分諦めていて、これだけ絵が好きな子だからダメだと言ってもどうせ絶対に聞かぬだろうと、北斎への入門を許したのだった。

「よかったじゃねえか常次郎。これでお前も先輩風を吹かせられる」

フラリと北斎の家に立ち寄った渓斎英泉が、新弟子入門の話を聞きつけて常次郎に明るく声をかけた。ところが、一人で絵の具の片付けをしていた常次郎は、浮かぬ顔でかぶりを振った。

「先輩風なんて、吹かせられるわけないですよ」

「何言ってんだ。相手は膠の調合の仕方も知らねえようなヒヨッコだろ？　おめえが兄弟子として絵描きのイロハを手取り足取り教えてやって、一年先輩の力の差をこれでもかって見せつけてやりゃあ、小三郎ってやつも常次郎さん常次郎さんって可愛く懐いてくるってもんだろうよ」

「そんなタマじゃないですよ、あいつは」

「え？」

そう言うと、「見てください」と言って常次郎はすっと一枚の絵を差しだした。まるで北斎が描いたような素晴らしい風景画だ。

「おや、これは先生の絵……じゃねえな。筆勢にちょっと迷いがあって雑だ。だが、まるで上からなぞったみてえに先生の画風を上手に取り込んでる。おう常次郎、最近ずいぶんと腕を上げたじゃねえか」

英泉の言葉に、常次郎はウッと泣きそうな顔になった。

「これ、小三郎が描いたんですよ」

「……は？」

その後、英泉は慌てて常次郎を元気づけようとしたが、すべてが裏目だった。

「なんでも小三郎は、五歳の頃にはもう、古くなった筆を親から譲り受けて絵を描いて遊んでいたそうです。だから入門するもう何年も前から、あいつは独学で修業してるんです。

僕が先生に憧れて、自分で絵を描きはじめたのなんてここ数年の話ですし、僕なんかより、年下のあいつのほうが絵ではずっと先輩なんですよ。絵の具の調合も膠を煮詰める時の塩梅も、僕なんかが教えなくても、最初から平気でこなしてました」

不機嫌そうに説明する常次郎に、英泉は苦笑しながら詫びを入れた。

「すまん常次郎。へそ曲げねえでくれよ」

「僕がいつ、へそを曲げたんですか。いつもどおりですよ」

「いや、どう見てもへそ曲げてんだろ。俺が悪かったよ」

「だから、僕が英泉さんに謝られる筋合いはないですって」

実は、常次郎が本当につらかったのは、新入りの小三郎のほうが絵が上手いことではなかった。

小三郎は如才のない少年で、いつもニコニコと感じよく北斎の言うことに決して逆らわない。そのせいで、小三郎はあの北斎から、ちっとも怒鳴られないのである。

小三郎の入門が決まった時に常次郎は、門下生としての仕事と心構えを僕が教えてやるんだと張り切っていた。そして入門の翌日、自分が日課としてやっている仕事をうれしそうに小三郎に説明した。

「いいか小三郎。先生は朝のうちに散歩をするのが日課だ。僕たち門下生はその前にここに来て、先生が家を出たら大急ぎで家の片付けをするんだ」

「この汚い部屋、片付けなんてやってるんですか？」

「一切してないように見えるが、実はこれでも片付けてるんだよ。先生の朝の散歩の間だけだけどな。先生が帰ってくるまでに大急ぎで終わらせないと、うちの先生は変わり者だから、片付けをすると怒るんだ」

「なんで怒るんですか？」

「片付けして物の位置を変えたら、どこに何があるか分からなくなるだろって」

すると小三郎は、キョトンとした顔で常次郎に尋ねた。

「そうやって怒られるのに、なんでわざわざ常次郎さんは片付けをするんですか？」

常次郎は一瞬、小三郎が何を言っているのか分からなかった。

「え……？　だって、こんなに汚い家、我慢できないだろ」

「でも、先生はこんなに部屋が汚れていても全然気にならないお方で、むしろ片付けるなって言っておられるんですよね」

「まあ、そうだけどさ……でも、こんな家に住んでたら病気になるぞ」

「そう思っているのは常次郎さんだけでしょう。先生もお栄さんもそうは思ってないから、誰も片付けをしないわけですよね。だったら、片付けなんて余計なお世話じゃないですか」

「ええぇ……？　まあ、そう言われればそうかもしれないけど……」

「先生が嫌がっておられるのに無理やり片付けをするなんて、それはむしろ常次郎さんの身勝手ではないですか？」

そう言われてしまうと、常次郎はぐうの音も出ない。

常次郎はよかれと思って毎日せっせと片付けをしているわけだし、自分がいるからこそ、この家はかろうじて人間の住まいの態をなしていると思っている。

それなのに、北斎は一度たりともこの常次郎の努力に感謝したことはなく、むしろ余計なことをするなと怒鳴りつけてくる。

その点、小三郎は北斎の性格を早くも見抜いて、片付けが嫌だというのなら無理には片付けないし、北斎が吹っかけてくる無理難題も決して逆らわず、かといって真剣にも取り合わずに上手に受け流すのである。

だから北斎は小三郎に対してちっとも怒らない。そして、一年間一緒にいて、北斎の性格をより熟知しているはずの自分のほうが、しょっちゅう北斎にガミガミと怒鳴られていて、自分もプリプリと怒鳴り返しているのだ。


常次郎は、小三郎の姿を見ているうちに、北斎の言葉にいちいち真面目に向き合っている自分が、なんだか馬鹿者のように思えてきたのだった。

それでもう、片付けなんてやめてしまおうと思った。事実、半年くらい前と比べたら常次郎はずっと片付けを手抜きしている。ただ、常次郎が手を抜けば当然、北斎の家が腐臭漂う魔窟へと転落していく速度は一気に上がっていくわけで、そこに通って絵を描いている自分も、そのとばっちりを受けるのである。

常次郎はさんざん悩みぬいた末に、最終的に、

「これは先生のためではなく、自分のためにやっているんだ。片付けをしないと、僕がこの家で絵を描く時に不愉快だから、僕は片付けをするんだ」

という結論にたどり着いた。

そう必死に言い聞かせて無理に自分を納得させて、それでいままでどおりに片付けを続けることにした。ただ、そうやって北斎に怒鳴られながら常次郎が懸命に片付け

をして空けた場所に、何もしていない小三郎が平気な顔で紙を広げて絵を描いているのを見ると、どうにも釈然としない気持ちになるのだ。

こういう時、北渓さんは相談相手としてさっぱり役に立たない。

北渓さんも小三郎と似たようなところがあって、北斎の非常識をひらりひらりと上手にかわしていける人なのである。それで常次郎は、渓斎英泉がふらりと立ち寄った時に、彼を強引につかまえては愚痴をこぼすことが多くなった。

女にしか興味のない英泉は、男の話など右から左に受け流してろくに聞いてはいない。だから役立つ助言などはさっぱり期待できなかったが、常次郎としては、ただ黙ってふんふんと自分の愚痴を聞いてもらえればそれでよかった。赤べこのように延々と相槌を打ってくれる英泉と話していると、常次郎は溜まりに溜まった鬱憤が抜けて、少しだけ気持ちが楽になった。

「まあ、先生はああいうお方だから仕方ねえよ。常次郎は頑張ってるよ」

「僕はもう、自分がここに絵を描きに来ているのか、先生とお栄さんの面倒を見に来ているのか、よく分からなくなってきました」

「ははは……普通の奴ならもう辞めてるよ。それでも懲りずにここに顔出してるってことは、やっぱり常次郎、おめえはまだ絵が好きだし、先生が好きなんだろう」

「そうなんですかね……」

もう心が折れそうなんですが、と本音を吐こうとした時、常次郎は英泉が抱えていた紙束の端にちらりと見えた落款に目を奪われた。


「――あれ？　それって先生の若い頃の絵ですか？」

「ん？　こいつか？」

英泉は紙束からその絵を抜き出して見せてくれた。画風はどう見ても北斎のものではない。だが、そこには「可侯」という、北斎が若い頃に使っていた画名の落款が記されている。

「へえー。先生も若い頃はこんな画風だった時もあったんですね。こりゃ、いまとは比べものにならないくらい下手くそだなぁ。あの先生ですら昔はこの程度の腕前だったなんて、なんだか勇気出ますね」

常次郎の無邪気な感想に、英泉は苦々しい顔で言った。

「……常次郎、違えよ。これは俺が昨日描いた絵だ馬鹿野郎」

「え？　あ……っ！　ごめんなさいごめんなさい！」

「まあ、自分が下手くそなのは自覚してるから別にいいけどよ」

「本当にごめんなさい！　英泉さんが描いてたなんて全然知らなくて、ああ……下手くそだなんて正直に言っちゃって僕……」

「いや、常次郎がこれ見て勇気が出たっていうんなら俺も本望だ」

「ああー。ごめんなさい本当に」

　今にも泣きだしそうな顔で平謝りする常次郎を見て英泉は苦笑し、もうやめねえ、と優しく肩を叩いた。


「それにしても、なんで英泉さんが先生の昔の画名を使ってるんですか？」

「そりゃあ俺が、『可侯』の号を先生から譲り受けたからよ」

「ええ？　そんないいかげんなことして大丈夫なんですか」

「大丈夫も何も、画名をコロコロ変えて、前に使ってた画名を気前よく周囲の人間に配っちまうのは先生の十八番だ。俺がもらったのは『可侯』の号だが、北泉のやつは先生が今の画名の前に使っていた『戴斗（たいと）』をもらったし、北明は先生が使ってた『亀毛蛇足（きもうだそく）』の印章をもらってる」

　常次郎は絶句した。店ではいまだに、葛飾北斎だとか葛飾戴斗だとかいう、北斎の昔の名前の落款がつけられた浮世絵をよく見かける。それで常次郎は、さすが先生、この絵は愛されてもう何十年もの間、ずっと摺り続けられているんだなぁ、などと素直に感心していたのだ。

「うそ……。じゃあ、僕が今まで先生の絵だと思っていたものって……」

「まあ、画名をもらい受けた弟子が描いてるものもかなり混ざってるだろうな。先生の昔の名前の絵がいま店に並んでいたら、そいつは十中八九、弟子の誰かの絵だ」

「そんな、いいかげんな……」

北斎の改名癖は、版元の間では有名な話である。

北斎はしょっちゅう引っ越しをして周囲の者を混乱させたが、それと同じくらい名前も頻繁に変えていて、これも大混乱を呼んでいた。

駆け出しの頃は勝川派の一人として、師匠に名付けてもらった「勝川春朗（しゅんろう）」という画名をおとなしく使っていた。それが三十五歳で勝川派を破門になると、俵屋派に鞍替えして「俵屋宗理（そうり）」に改名する。だが、俵屋派からも二年ほどで独立し、そこから先は実に気まぐれだ。

俵屋派にいた頃に「北斎宗理」と名乗ってみたあと、「北斎」のほうを主な名乗りにして、北斎辰政、不染居（ふせんきょ）北斎、画狂人（がきょうじん）北斎、九々蜃（くくしん）北斎などと次々と新しい画名を作った。読本の挿絵作家として一躍有名になった四十代半ばに使っていた「葛飾北斎」の号が世間では一番流布しているが、その北斎にもすぐ飽きたらしく、五十二歳で北斎を捨てて「戴斗」にあっさり改名。そして六十一歳からは「為一」を名乗って今に至る。

「名前も家も、一つ所に留まるのが嫌なお方なんだよ」

「面倒じゃないんですかね」

「周りの人間を煙に巻いて、それを見て悦に入るのが好きなんだ」

「だから先生、北斎って呼ぶと怒るんですね」

北斎は、北斎という名で呼ぶと「今の俺は北斎じゃねえ。為一だ馬鹿野郎」と言ってうるさく訂正し、途端に不機嫌になるのだった。

といっても、世間では誰もが彼のことを葛飾北斎だと認知していて、為一だなどと言っても、誰だそれはと怪訝な顔をされるだけだ。しかも、主たる名前のほかにも、可侯やら辰政やら雷震（らいしん）やら、勝手気ままに名前を乱発するし、春画を描く時の名前は「鉄棒ぬらぬら」だったり、おふざけで「百姓八右衛門」だとか「穿山甲（せんざんこう）」だとか名乗ってみたりで、いちいち挙げていったらきりがない。もはや門人たちも面倒なので、北斎のことを「先生」としか呼ばない。

「それで、使わなくなった昔の名前は、弟子たちにポイとくれてやるのさ。俺は可侯の号を十年前くらいにもらった」

「へえー。それじゃあ、僕も名前、もらえないかなぁ……」

常次郎は、北斎から名前を譲り受ける自分の姿を夢想した。自分の名前は露木常次郎。先生の今の名前である「為一」を受け継ぐことができたら、僕は露木為一――


常次郎はさっそく翌日に、お栄が暇そうに一人で煙草を吸っている時を見はからって声をかけ、名前をもらい受けることをそれとなく相談してみた。だが、お栄はにべもなかった。

「まだ早ぇよ。常次郎はまだここへ来て一年だし、前髪も落としてない。もうちょっと研鑽して腕を上げて、大人になってから頼んでみな」

「僕はいますぐ欲しいんです。先生の『為一』の名が」

「そんなもん、機が熟してないのに下手に頼んじまったら、おとっつぁんもへそを曲げて、もらえるはずだったものももらえなくなっちまうよ。何をそんなに焦ってんだい常次郎」

「焦ってなんかいません。僕は先生に憧れて弟子入りしたんです。そんな僕が先生の名前を欲しがるのは当たり前じゃないですか」

「いや、なんか焦ってるよアンタ」

そんな風に二人で話しているところに、北斎がふらりと入ってきた。

「なんでぇ常坊。俺の名前が欲しいのか」

自分の秘めたる願望を北斎本人にうっかり聞かれてしまった常次郎は、ばつが悪そうに下を向いて「はい」と小声で答えた。

「十二両払うんなら、この名前、いますぐやるよ」

「え？　金で名前を売るんですか？」

「そうだよ。ただで渡すわけがねえだろう馬鹿野郎が。描いた絵にこの名前を付けりゃ、黙ってても飛ぶように売れるんだ。十二両なんてすぐに元が取れる」

「えええ？　じゃあ、英泉さんに譲ったっていう『可侯』も……」

「売った名前に決まってんだろ」

「うわぁ……」

英泉の口ぶりだと、さも自分の腕前を北斎が高く評価して、それで襲名を許されたかのような話だったが、ちっともそんな美談ではなかった。英泉さんめ……と常次郎は恨んだ。

「『葛飾北斎』なんて、俺の知ってる限りじゃ江戸に二人はいるぜ。どこで何をやってんのか、俺はさっぱり知らねえけどな」

「え？　先生まさか、一つの名前を二人に売ったんですか？」

「二人だったかもしれねえし、三人か四人だったような気もする。何しろ、葛飾北斎の名はみんなが欲しがるし、こっちも高く売れるから、お互いに願ったり叶ったりだろう」

このちゃらんぽらんな師匠の言い分は、例によってまったく身も蓋もない。

「そんな、いいかげんな……。先生の名前が汚されてしまいます」

「でも、おめえだって欲しがってたじゃねえか為一の名前」

「そ、そうですけど……」

「別にいいんだよ名前なんて。長い目で見たら、結局は絵が良けりゃ売れる、悪けりゃ売れない。それ以上でもそれ以下でもねえんだからよ」

その言葉を聞いて、常次郎は下を向いて、むっつりと黙りこんでしまった。

するとそこで、北斎は「あ」と声を上げ、手を叩くと能天気な声で言った。

「思いだした！　そうだおめえにちょうどいい名前がある。あの名前ならいますぐただでやるよ。しかも世によく知られたやつだ」

思わず常次郎も、慎みを忘れて前のめりになってしまった。

「え？　どんな名前ですか？」

「東洲斎写楽」

とんでもない名前を師匠が言いだしたので、慌てて常次郎はたしなめた。

「ちょっとぉ！　駄目ですよ先生、他人の名前を勝手に人に与えるなんて」

「馬鹿野郎。あれは俺の名前だ。大失敗したからもう思いだしたくもねえけどな」

「……はあ？」

あまりに衝撃的な告白に、常次郎はしばらく思考が追いつかず、頭が真っ白になってしまった。それは一体どういうことだ。


息苦しかった寛政の改革が終わり、それまで禁止されていた派手な多色摺りの大判錦絵が再び解禁されたばかりの頃、浮世絵界に彗星のように現れた謎の絵師、それが東洲斎写楽だ。


写楽が一体何者なのかというのは、当時の江戸の町でもさんざん取り沙汰されたと聞いている。だが、写楽が忽然と姿を消してもう三十年以上が経ち、彼の正体はたしか阿波国出身の能役者、斎藤十郎兵衛だったということでもう決着がついていたはずではなかったか。

「ちょっと、いいかげんにしてくださいよ先生。また僕を騙そうとして」

「へへへ。嘘じゃねえって。あれは初代の蔦重のやつと組んで、俺がぶちかました企画よ。写楽の正体が阿波の能役者だってのも蔦重のでっち上げだ。

考えてもみろよ常次郎。そんな駆け出しの名もない絵師がいきなり、雲母摺（きらずり）の大判絵を続き物で何枚も出してもらえるわけがねえだろ。うちのアゴですら、摺物なんてなかなか出してもらえねえんだぞ」

「まあ、それは不思議だなって僕も思っていましたけど」

「あれは俺が勝川派を破門された頃、俺から蔦重に持ちかけた話なんだ。いままでにない、まったく新しい役者の大首絵を描きてえんだって言って下絵を持ち込んでな。蔦重もこの絵は面白えってんですぐに飛びついて、豪華な雲母摺りでぜひ出そうってことになったんだが、あの頃、勝川派を破門されたばかりの俺には名前がなかった。

それに、師匠と大喧嘩して一門を飛びだしたばかりの俺が、いきなり大々的に絵を売りだしたりしたら、勝川の奴らが黙っているわけがねえ。俺のところにも蔦重の店にも、血の気の多い勝川の若い衆が殴り込んでくるはずだ。だったら、正体不明の謎の絵師の絵ってことにしちまおうぜ、そのほうが面白ぇし、って話になったんだ」

「そんな、信じられない……」

「写楽だとか言ってるが、あんなもんたいした名前じゃねえよ。勝川の野郎共なめんなよ、しゃらくせえ、で写楽斎だ」

「なんですかその名前。いいかげんにもほどがある」

「俺の名付けなんて、いつもそんなもんだ。北斎だって『あほくせえ』から北斎だ」

「えええ……」

入門前に常次郎があれほど憧れた輝かしい北斎の名が、まさかそんなあほくさい理由で決まっていたとは。はっきり言って聞きたくなかった。


「だがまあ、これが笑っちまうくらいに売れなかった。写楽の新しい絵で江戸中があっと度肝を抜かすぞって目論んで自信満々で売り出したのに、まぁ度肝は抜いたのかもしれねえが、誰一人として買ってはくれなかった。

今になって考えてみりゃそりゃそうだよな。あんな不細工な役者絵、誰が喜んで買うかってんだ馬鹿野郎」

写楽の絵があまりにも売れなかったことは、もはや浮世絵界の伝説である。いまなお老人たちの語り草となっているので、その頃まだ生まれていなかったお栄も常次郎もその経緯をよく知っている。

「あの頃の俺は、形を正確に写すのが真実の絵だって信じてたんだな。ま、ヒヨッコだったんだよ。いまでも動物の骨格や草木の出生をどう描けばいいのやら、さっぱり分かりゃしねえが、ただ、絵ってのは馬鹿正直にものを描き写しゃあいいってもんじゃねえってことは、あの失敗で身に染みて分かった」

これだけの達人のくせに、六十七にもなって北斎はまだ、どう描けばいいのかさっぱり分からないなどといった言葉を平気で口にする。

「写楽があまりにも売れねえもんだから、途中から画風変えたりしていろいろ試行錯誤したけど、結局最後までどうしようもなくて、一年かそこらでやめちまった。

本当に、あれは謎の絵師の写楽の作品ってことにしといてよかったよ。もしあの時、俺が蔦重の助言を無視して自分の名前であれを出してたら、そのあと一つも仕事なんて回ってこなくて、いまごろ食い詰めてたに違えねえ。

で、それで心底こりごりして、俺はもう大首絵は二度と描かねえって決めたんだ」

北斎は、絵であれば風景画から美人画、読本の挿絵から果ては春画まで、あらゆる画題に手を出している。そんな北斎が、どうして浮世絵の王道中の王道である役者の大首絵だけはちっとも描こうとしないのか、常次郎は前から不思議でならなかった。

三十代半ばに写楽で手痛い失敗をして、それで描くのをやめたのだ。

「どうだ常坊？　二代目東洲斎写楽を襲名してみねえか？」

「嫌ですよそんな！　江戸中の版元からそっぽ向かれます」

「金はいらねえよ」

「結構です！」

するとそこに、小三郎がやってきてしまったので常次郎は慌てた。なんの話ですか？と無邪気に尋ねる小三郎に、お栄がこれまでの顚末を話して聞かせた。

常次郎は北斎とお栄にただ名前が欲しいと言っただけで、名前を欲しがるに至った後ろ暗い自分の心の内までを明かしたわけではない。それでも、自分がこんなお願いをしたことを小三郎に知られてしまったことが無性に恥ずかしくて、常次郎は耳まで真っ赤になった。

「えー。先生の名前、僕も欲しいです」

小三郎はなんのてらいもなく、素直にそんな言葉を口にできてしまう。

自分がその思いをお栄さんに伝えるまでに、どれだけ躊躇したと思ってるんだと、常次郎は少しだけ腹が立った。しかも、北斎もそんな小三郎の軽すぎる一言に腹を立てるでもなく、

「おうおう。ちびっ子どもにまで名をよこせとせびられるたぁ、この天下一の絵師、葛飾為一様の名前もずいぶんと軽く見られたもんだなぁ」

などと言って笑っているのだから常次郎としてはやりきれない。

名前が欲しいという話をうっかり聞かれてしまったのに、北斎の機嫌を損ねずに済んだのは心底助かった。だが、自分の真剣な思いがこんな軽い冗談話にされてしまったことに常次郎は少しだけ苛立ちを覚えた。

先生、僕は真剣に為一の名前が欲しいんです――

よっぽどそう言ってやりたかったが、なかなか言いだせない。そうこうしているうちに、北斎が機嫌よく言った。

「まあいいや。最初はどうかと思ったが、前途のある若え奴らがそこまで俺の名前を欲しがってるっつう話を聞いて、ちょっくら気が変わった。

おめえら二人が絵を好きで好きでたまらねえってことは重々承知してるし、なかなか筋もいいから、いいよ。二人のうちのどっちか一人に、この『為一』の名をくれてやる。おめえらの未来に免じて、特別に金はとらねえ」

「え？　本当ですか！」

小三郎が無邪気に喜びの声を上げる。

「ああ。いいよ別に。名前なんてものは所詮、品物の前に置いてある札にすぎねえ。そんなもん、欲しいというなら何個でもくれてやる」

するとお栄が、愉快そうに笑いながら言った。

「でもよう、おとっつぁん。いま使ってる為一をこいつらに渡しちまったら、おとっつぁんは明日からなんの誰兵衛なんだい？」

「は？」

「できあがった絵に『名なしの権兵衛』とでも落款するかい？」

「ははは。んなわけねえだろ馬鹿野郎。次の名前に改名すんだよ。為一もそろそろ飽きてきたしな。新しい名前は……そうだな……。俺は四十くらいの頃に『画狂人』って名乗ってたことがあったが、そいつをもう一遍使うか」

「あの名前はまだ誰にも売ってないんだっけ？」

「あんなふざけた名前、買うような阿呆はいねえよ。でもあれだな、俺はもう古稀も近いから、『画狂人』じゃなくて『画狂老人（がきょうろうじん）』だな」

「いいね『画狂老人』。おとっつぁんにぴったりだ」

あっという間に、為一の次の名前が決まった。呆れるほどの気軽さだ。

「あー、でもそれだけじゃ少し寂しいな。もっとこう、得体の知れねえような、見た者がぎょっとしちまうような、そんなギラギラした名前を足してえもんだが」

「おとっつぁん、それなら『卍』がいいよ。川柳ではその名前でいってんだろ。あれ、さっぱり訳わかんねえもん。最高に面白いよ」

何が面白いのか常次郎にはちっとも理解できなかったが、たしかに「卍」は見た人の印象には強烈に残る。それがいい印象かどうかはともかくとして。

「おお。『画狂老人卍』か。わはは。そいつぁいいな！『画狂老人』も『卍』も意味分からねえが、二つ足されて『画狂老人卍』になったら、いよいよ意味不明だ」

「うん。おとっつぁんらしい、いい名前だよ『画狂老人卍』」

父の奇行を唯一止められるはずの娘が、喜々としてその奇行に一緒になって参加しているのだから、周囲の人間がそれに口をはさめるわけがない。

かくして、北斎が六十歳を越えたのを機に「還暦を過ぎて一に戻るんだ」などという崇高な決意で名付けられた「為一」の名前は、あっさりと「画狂老人卍」に改名が決まった。

そして浮いた「為一」の名は、常次郎と小三郎のどちらかが受け継ぐ。その一人を、北斎は一体どうやって決めるつもりなのか。

「おめえら二人、これからひと月のあいだ、すぐそこの三囲（みめぐり）神社に毎日通って、一日一枚獅子と狛犬の絵を描くんだ。常坊は口を開けてる獅子のほう、小三郎が口を閉じてる狛犬のほうだ。雨の日も風の日も欠かさずな。で、三十枚それを続けて、最初と比べてより上手くなったほうに為一の名をやる」

「分かりました。もうお昼で、もたもたしてたら描き終わる前に日が暮れてしまいますから、早速、これから一枚目を描きに行ってきます」

小三郎は意気揚々と画材をまとめ、さっさと三囲神社に出発してしまった。どうせ行き先は一緒なのだから常次郎と連れ立っていけばいいのに、常次郎はもはや競争相手であって、兄弟子とはいえ馴れ合いはしないということか。

三囲神社の社殿の前に、苔むした獅子と狛犬が向かい合わせに鎮座している。

そんなに遅れて出発したわけでもないのに、常次郎が神社にたどり着いた時にはもう、小三郎は狛犬の前にちょこんと座って膝の上に板を置き、矢立てから筆を出して狛犬の姿をさらさらと模写していた。どんな絵を描いているか非常に気になったが、のぞき込みに行ったら自分の負けのような気がして、常次郎はぐっと堪えた。

先生は、どうしてこんな、弟子同士の仲が悪くなるようなことをわざわざ僕らにやらせるのだろう――

先生らしくないな、と思った。北斎は絵に関して、出来栄えを他人と競うことや他人に評価されたがることを極端に嫌う。

「おめえの絵はおめえの絵だ。誰かが評価したから値打ちが上がるとか、誰かにけなされたから値打ちが下がるとか、しゃらくせえんだよそういうの。おめえが精魂込めて描き上げて、その仕上がりにおめえ自身が満足してるんなら、そいつは誰がなんと言おうと素晴らしい絵だし、どんなに褒められようが飛ぶように売れようが、描いた本人が納得してねえならそいつは駄作なんだ」

普段からそんなことを言っている北斎が、なぜか今回に限って、常次郎と小三郎の二人を進んで競わせて、絵の優劣を評価しようとしている。

なんだか、ちょっとがっかりだな――

ちらりと頭をよぎったそんな思考を強引にかき消すように、常次郎は手元の絵筆に目を落として運筆に集中した。

口をあんぐりと開けた、苔むした獅子。

その形をできるだけ正確に捉えようと足掻いても、できあがった獅子は、目の前に鎮座する現物とは似ても似つかない。

絵手本の模写のほうがよっぽど確実に身になると思うのに、なんで北斎はこんな無駄なことをさせるのか。その点も常次郎は不満だった。

この時代の絵の稽古というのは、師匠が描いた手本をひたすら模写することに尽きる。将軍お家流の狩野派などは、先人たちが究極までに練り上げた意匠から少しでも離れて勝手な線や形を加えたりなどしたら、未熟者のくせに余計なことをするなと手ひどく叱責される。

そうやって最初は徹底的に手本を真似することによって、名人たちの練達の筆遣いや画面構成の妙を体に叩き込むのである。そして、過去の達人たちと寸分違わぬ絵を自在に描けるようになってはじめて、晴れて一人前とみなされる。

一人前になる前に自らの創意工夫をこらそうとしても、それは根っこが育っていないのに花を咲かせようとするようなもので、根無し草では大成しないと厳しく戒められるのだ。

だが北斎は、珍しいことに弟子によく写生を命じた。

入門直後の弟子に対してはほかの絵師と同様にひたすら手本の模写をやらせるのだが、ある程度基本的な技術が身につくと、模写だけでなく現物の写生も積極的にやらせる。それが常次郎は以前から不満だった。

下手くそな自分の力じゃまだ、ここにある獅子の姿形の何も写し取れやしない。そんな無駄なことに時間をかけるよりは、先生の素晴らしい絵を模写して、先生の生き生きとした筆遣いの息吹を正確に写し取る稽古をしたほうが、よっぽど自分の血肉になるのに――

三十日もこんな不毛な作業をやらされて、自分の画力が停滞することを常次郎は恐れた。ただ、競争相手の小三郎も同じ課題をやらされているので、彼と画力に差がつかないという点だけが彼の安心材料ではある。

そこから、常次郎と小三郎の三囲神社通いが始まった。

初日は右斜め前から、いかにも「獅子像」といった絵を描いた。同じ場所から描いても意味がないだろうと、二日目は角度を変えて左斜め前から描いた。

三日目は雨が降った。紙が雨で濡れないように唐傘をさしかけながら描いた。昨日まではカラカラに乾いて白っぽく目立たなかった苔が、雨に濡れた途端に鮮やかな新緑のごとき緑色を取り戻す。濡れて光る岩肌は昨日よりも陰影が濃く、昨日とは違った印象がした。

四日目には北渓さんが冷やかしに来た。真剣勝負ですから邪魔しないでくださいと、常次郎はつっけんどんに答えて、描いている絵を腕で隠した。だが、小三郎のほうは邪魔しに来た北渓さんと何やら楽しそうに談笑している。二人は一体何を話しているのだろうかと、常次郎は気が気でなかった。

七日目にはとうとう、思いつく限りのあらゆる角度を描き尽くしてしまい、今までに描いた絵とまったく変わりばえがしなくなった。

途方に暮れた常次郎は、仕方なく獅子の真後ろに座って後ろ姿を描いてみることにした。顔のない獅子の絵など、常次郎は今まで一度も描いたことなどない。北斎から与えられて模写した絵手本にも、背中側から描いた獅子などあるわけもなかった。

「なんだよこれ……どう描いたらいいのか、さっぱり分からない。下手くそにもほどがある。ちっとも似る気がしない。ああ腹が立つ……」

結局その絵は、まったくもって不本意な出来栄えに終わった。二度とやるかこんな絵、と常次郎は心に決めた。

その日、ブツブツ文句を言いながら獅子の背中を描くことに悪戦苦闘していた常次郎の姿を、小三郎は不思議そうに眺めていた。そして翌日になると、今度は小三郎が狛犬の真後ろに座って同じことを試している。

ふふん。僕の真似ごとかよ小三郎。でも、そんなことやったところで、どうせ時間の無駄だぜ。それよりもやっぱり、前からの姿をどれだけ師匠の画風に沿って再現するかに専念したほうが、絶対にうまくいく——

そうは思うものの、小三郎が一体どんな狛犬の背中を描いているのか、常次郎は気になって仕方がなかった。才能のある小三郎のことだから、きっと器用に描いているのに違いない。常次郎は自分の絵と比べてみたかったが、自分よりずっと上手だったらと思うと、怖くて小三郎に話を切り出すことができなかった。

翌日からは、二人ともまた普段どおりに戻り、前方や横から見た獅子と狛犬の絵を描いた。

以前描いた絵とまったく同じ角度から描くことになる日も多くなってきたが、最初に描いた絵と二回目の絵を比べると、なんとなく上手くなっているような気もするし、別にたいして変わっていないような気もする。

ただ、最初に描いた時よりは、目に見えて描くのが速くなっていた。早く描き上がった分だけ、常次郎は細かい部分の描き込みをより詳細に加えてみることにした。

そうしてまた数日経ったあと、いつものように朝一番から画材を持って三囲神社にやってきた常次郎は、先に来ていた小三郎を見て思わずアッと声を上げた。

あいつ、また背中から狛犬を描こうとしてやがる。

やめとけよ、それ意味ないって。全然上手く描けないし。

僕もやってみたけど、もう二度と見たくないくらいの酷い出来栄えだった。そんなのもう一度やってみたところで、狛犬の絵は絶対に上手くなんねえぞ——

とはいえ、これで小三郎が狛犬の背中描きで一日を無駄に費やしてくれれば、その分だけ自分が彼よりも一日分だけ先んじることができる。為一の名を争う敵が勝手に自滅してくれることは、常次郎としては大歓迎である。

心の中でほくそ笑みながら、常次郎はいつものように獅子の目の前にどっかりと腰を下ろした。だが、そこから筆を走らせはじめても、なぜか心が千々に乱れて一向に集中できない。

気になる、気になる、気になる——

小三郎は一体どんな狛犬の背中を描いているのだろうか。そもそもなんであいつは、狛犬の背中のような無意味な絵にわざわざ再挑戦しているのか。背中を描くことを通じて、何か狛犬を上手に描くための極意でも掴んだとでもいうのか。

悶々としながら、常次郎はしばらくの間、正面からの獅子の絵に取り組んでいたが、とうとう我慢しきれなくなった。それで、「もう！」と苛立たしげに吐き捨てると、すっくとその場から立ち上がった。

そして小三郎と同じように獅子の真後ろに座り直し、

「よし！」

と気合を入れて、新しい紙に獅子の背中を描きはじめた。

その姿を、小三郎は呆気にとられたような顔で呆然と眺めていた。

ひょっとしたら今度はいけるかもしれないと思って再挑戦してみたが、やっぱり今回も、獅子の背中はちっとも上手くは描けなかった。

こんなに毎日毎日、同じ獅子像を描き写し続けているんだから、前回よりも多少はましになっているはずと思っていたが甘かった。顔も描かれていない獅子の後ろ姿の絵が、どうすれば見た人に獅子だと分かってもらえるようになるのか。常次郎にはさっぱり見当がつかない。

ああでもない、こうでもないと一刻ばかり試行錯誤した末に、常次郎はやけっぱちになった。腹は減ったし、考えすぎて疲れて頭が回らない。

ふと横に顔を向けると、小三郎も眉間に皺を寄せて浮かぬ顔をしている。どうやらあっちもうまくいっていないらしい。

「……なあ」

　気が付いたら、常次郎は声をかけていた。小三郎が驚いた顔でこっちを向く。

「うまくいってるか？」

　すると小三郎は、無言で首を左右に振った。

「だよな。先生の手本でも、獅子の背中なんて見たこともない」

　そう言って常次郎がハァとため息を漏らすと、小三郎が口を開いた。

「難しいです」


　二人で為一の名を競うことが決まってから、小三郎は一度も常次郎と口をきこうとはしなかった。それまでは曲がりなりにも一歳差の兄弟弟子として仲良くやってきたし、少々生意気なところはあるが、万事に如才なく感じのよい小三郎は可愛い弟弟子だった。そんな二人が、十何日かぶりにようやく会話をした。常次郎はなんだか新鮮で不思議な感じがした。

　僕は兄弟子なんだから、こういうことは僕のほうから話を切りだしてやんなきゃいけないよな、と常次郎は思い、勇気を出して口を開いた。

「……なあ、お互いの絵、見せ合わないか？」

　すると小三郎は、自分も同じことを考えていたとでも言いたげに、黙ってうなずき、描いた絵を広げて常次郎のほうに向けた。常次郎も同じことをした。

「ははっ。なんだおめえその前足は。細すぎてまるで串の棒じゃないか」

「だって真後ろから見ると、前足ってたしかにこれくらい細く見えるんですよ。常次郎さんもここに座って見てみてもらえれば分かります。だいたい常次郎さんの絵だって、なんだか焼き魚に添えた大根おろしみたいじゃないですか」

そのたとえに常次郎は思わずぷっと噴き出した。

あまりにも単刀直入で生意気な指摘だが、言われてみれば自分でも笑ってしまうくらい、水気を切って盛られた大根おろしの山に似ている。全体の形状の意味不明さを補うべく、頑張って尻尾を細かく描き込んではみたものの、何も知らない人が見たら、この絵が獅子を描いたものだと分かってもらえることはまずないだろう。

「わははは。大根おろしか。言ったな、この串の棒野郎め」

思わず苦笑しながら言い返すと、小三郎もにっこりと笑い返してきた。そこから、堰を切ったように会話が流れでてきた。

「なあ小三郎。この僕たちの絵、どこをどうすりゃ見た人にも獅子と狛犬だと分かってもらえるようになると思う？」

「もうさっぱり見当つきません。だってこの方向から見ると、狛犬の特徴が分かる部分が尻尾以外は何もないんですもん」

「僕もそう思って、尻尾を丁寧に描くようにしてみたんだけどさ。全体の形が大根おろしじゃあなぁ……もう、尻尾以前の問題だよな」

「ほんの少しでも前足を描いておくと、少なくとも四つ足の獣だってことは伝わるので、大根おろしではなくなりますよ」

「ああ、それで小三郎は無理やりにその串の棒を描き足したのか」

「そうなんです。でもこれ以上はどうにも」


そうして二人して黙りこくって考え込んでいたが、その時ふと頭に浮かんだ思い付きを常次郎は思わず口にした。

「……なんだろな。全体の輪郭の問題かな」

「輪郭？」

「ああ。絵ってのは何よりもまず、輪郭で特徴を捉えられてるかが肝なんだ。細かい部分をどれだけ似せても、全体の輪郭が獅子に似ていなきゃ話にならない。

後ろから見た獅子ってさ、こんな風に、まず耳がこうなっているだろ。そこからこう首が伸びてて、それで肩が少し盛り上がっていて、最後に両足のところでさらに外側に張り出している」

　そうやって常次郎がさらさらと余り紙の余白に獅子の後ろ姿の輪郭を描くと、小三郎はわっと歓声を上げた。

「この絵なら後ろからでも獅子と分かります！　すごいや常次郎さん」

「ただ、獅子像の現物を描き写すとなると別なんだよなァ。ここに描いた獅子の背中はたしかに獅子っぽくは見えるが、でもこの獅子の像とは全然似ていないだろ」

「たしかに、石像っぽさはないですね」

「僕たちが描くのは獅子の背中の絵じゃなくて、この獅子像の背中の絵なんだ。だからといって獅子像の形をよく見て像に形を寄せようとすると、頭の中ではきちんと描けていた獅子の背中の輪郭が、途端に大根おろしになっちまう」

　苦しそうにそう言う常次郎に対して、小三郎は会話の中から新しい手がかりを得たのか、パッと明るい表情で元気に言った。

「でも、後ろ姿の輪郭を頭の中に置いた上で描いていくっていうのは、重要なことかもしれませんよ。そもそも僕は常次郎さんみたいに、背中から見た獅子の姿をそらで描くことだってできていないんですから。そこまで描けているのなら、きっと常次郎さんのほうの完成は近いですよ。……あの、この獅子の背中の絵、頂いちゃってもいいですか？」

「こんないたずら描きでもいいんなら」

余り紙に殴り書きした獅子の背中の絵を常次郎がちぎって渡すと、小三郎は喜々としてその紙を持って狛犬の後ろに戻り、まずは常次郎が描いた稚拙な獅子の後ろ姿の模写を熱心に始めた。

あ、しまった敵に塩を送ってしまった、と一瞬だけ常次郎は後悔したが、まあ別にいいかと思った。

「少しでも足を描いておくと、四つ足の獣っぽく見えるか……」

その日、二人が描き上げた獅子と狛犬の背中の絵は、相変わらず何を描いているのか分からないような出来栄えだったが、どこか似通った絵に仕上がった。

その翌日からは、どちらが先に言いだすでもなく、互いにその日の絵を見せ合うようになった。見せ合いながら、ここがいいとかここを直したらもっとよくなるとか、気が付けば自然と意見を言い合っていた。

若い弟子二人がいつも外出していることで、北斎の家は普段より静かな日々が続いている。お栄がうれしそうに北斎に言った。

「あの二人、最初はつんけんしてたけど、最近仲よさそうじゃない。おとっつぁん、何かしたのかい？」

「するわけねえだろ面倒くせえ」

「あの二人、勝ったほうが為一の名をもらえるってこと、忘れちまったのかねえ」

「何を白々しいこと言ってやがんだアゴ。おめえも薄々分かったうえで言ってんだろ」

「まあね」

お栄がいたずらっぽく笑うと、北斎はそっぽを向いたまま、ぼそりとつぶやいた。

「この俺に弟子入りして、二月以上経っても愛想つかして出ていかねえって時点で、常坊も小三郎も立派に俺と同じ穴のむじな、画狂人なんだよ」

「あの二人が、おとっつぁんと同じだってのかい？」

「腕前はまだヒヨッコだが、心根は同じだ。画狂人なら、目の前に難しい画題があればそれに夢中になっちまって、勝負だとか金銭だとか、そんなくだらねえもんはいつの間にか頭から吹っ飛んじまうもんだ」

「きれいに吹っ飛んだねえ、あの二人」

「ああ。常坊なんて真面目だから、いまごろ悶々と思い悩んでんじゃねえかな」

果たして北斎の読みどおり、常次郎は悶々としていた。

一か月の三囲神社通いが二十日目を過ぎたあたりから、師匠の気まぐれで始まったこの写生対決に本当に決着をつけてしまっていいものか、分からなくなってきたのである。

師匠の絵手本をなぞることなく、同じ獅子像を毎日自力で描き写し続けるうちに、常次郎は自分の絵の下手さ加減にほとほと嫌気がさしてきた。

こんな下手くそが為一の名を継ぐなんて、失礼千万にもほどがある。

だいたい、客だって馬鹿じゃない。最初の一、二枚は為一の名にだまされて買ってくれるかもしれないが、すぐにその貧弱な画風に気付くに決まっている。客が絵を選ぶ時、たしかに落款を参考にはするけれど、買うかどうかは結局、その絵を気に入るかどうかで決まるのだ。こんな未熟者の絵を、目の肥えた江戸の人たちが認めてくれるとは到底思えなかった。

先生の名前が欲しいんですなんて、言わなきゃよかったな――

今からでも北斎に対して「やっぱり、もっと先生のもとで修業して、自分の腕前でやっていける自信がついたところで、自分の絵で稼いだ金で先生の名前を買います」というふうに言い直そうとも思ったが、そうしたら不戦勝となった小三郎が為一の名を継ぐことになってしまう。

それは、自分がまだ為一の名を継ぐべきではないように、小三郎にとっても決してよくないことだと思った。それなりの腕前を身につけたあとでなければ、為一というあまりにも偉大すぎる名前に小三郎が潰されてしまう。

かくなる上は、自分の浅はかさで始まったこのあまりにもくだらない勝負は、自分自身でけりをつけるしかない。常次郎はそう腹を決めた。

この勝負に、自分が勝つのだ。

それで先生から為一の名前を授与されたら、「名前は頂いたけれど、一人前になるまで僕は使いません」と言って自分からその名前を封印する。それ以外に、誰も不幸にならずにこの不毛な勝負を終わらせる方法はない。

そんな覚悟を決めた常次郎の、最後の十日間の描きぶりは鬼気迫るものだった。

小三郎と自分の絵を見比べてみて初めて分かったが、生まれてこのかた独学だけで絵を学んできた小三郎は、世に出回っている浮世絵を真似て描くことばかりをやってきたようだ。

だから、絵手本の模写については常次郎も舌を巻くほどの腕前だが、こうして狛犬像を前にして、手本なしでその姿を自分で絵に落とし込めと言われてしまうと、ほぼ初めての経験に戸惑うばかりで明らかに稚拙だった。

常次郎の写生の腕前も似たり寄ったりではあるが、彼は一年間北斎のもとで修業して、若干ではあるが写生をやらされた経験がある。また、北斎やお栄が身近なものを手なぐさみに上手に写生していく様子を、すぐ横でいつも見つめてきた。その分だけ、写生においては彼のほうにまだ一日の長があった。

このままいけばきっと、小三郎には勝てる。

でも、小三郎だって為一の名前欲しさにここから全力で描いてくるはずだ。決して油断はならない。僕はここから全身全霊を込めて、この一か月間の最高傑作をここで仕上げるんだ――

最後の数日、一心不乱に獅子を描く常次郎の集中しきった姿を、隣に座る小三郎は最初、呆気にとられた様子でじっと見つめていた。だが、しばらくするとそれに触発されたように、自分も真剣そのものの表情で写生を始めた。

こうして、一か月にわたる二人の勝負が終わった。

どっかりと座る北斎の前に、三十枚の紙の束がそれぞれ積まれている。

「おうおう。二人ともなかなか上達したじゃねえか。やっぱり師匠が立派だと弟子の成長も早いなぁ」

そんなことを言いながら、北斎は満足げに二つの紙束を交互に眺めている。常次郎は心の中で「何を言っているんですか、この一か月間何も教えなかったくせに」と悪態をつきながら、そんな師匠のご満悦な顔を腹立たしげに睨みつけていた。

この三十枚の紙束は、常次郎と小三郎がこの一か月の間、雨の日も風の日も三囲神社に通って獅子と狛犬を描き続けた、辛苦と困難の結晶だ。

「最初の頃なんてひでえもんだ。これなんてまるで、焼き魚に添えられた大根おろしじゃねえか」

常次郎が懸命に描いた獅子の後ろ姿を、うれしそうに馬鹿にする。

「それが、月の終わりの頃になるとグッとよくなった。二人ともな。これなんて、左右に並べて飾ったら縁起もよくていいんじゃないか？」

「おとっつぁん。獅子と狛犬の背中の絵なんて、誰も欲しがりやしないよ」

北斎が両手にそれぞれ一枚ずつ掲げたのは、常次郎と小三郎が月末近くに描いた獅子と狛犬の背中の絵だ。もはや誰が見てもはっきりと獅子と狛犬だと一目で分かるくらい、その絵は上達していた。

「いやあ、俺もまさか、二人がこんなに熱心に三囲神社に通って絵を描くとは思ってなかったよ。この中から勝者を選ばなきゃいけないのはつらいなぁ」

そんなことを言うくらいなら最初から、こんな弟子同士で潰し合いをさせるようなことをやらせなきゃよかったんだ、と常次郎は薄情な師匠を恨んだ。

この人はいつもそうだ。自分が楽しく絵を描ければそれでよくて、周囲の人の気持ちだとか弟子の育成だとか、そんなことにはちっとも興味がない。

にこやかに笑っていた北斎だったが、そこで急に引き締まった顔つきに変わり、いきなり改まった厳しい口調になる。

「でも、勝負は勝負だから、きっちり白黒はつけねえとな。それじゃあ結果を言うが、俺の為一の名を賭けた、このたびの二人の勝負――」

ごくりと、つばを飲み込む。

頼むから僕に勝たせてくれ。かわいい小三郎の未来のためにも。

「常坊の勝ち」

そう言われた瞬間、常次郎はハァーと脱力して長々とため息をついた。自分の絵のほうが優れていると認められたことよりも、自分の浅はかな考えがきっかけで小三郎を潰すことにならずに済んだことが、何よりもうれしかった。

「なんでえ常坊。ずいぶんとホッとしたみてえだな」

「ええ。もう心の臓がバクバクしてます」

「まあ、最近のおめえはずいぶんと根詰めてたみてえだからな。よくやった。あと小三郎。今回は残念だったが、これは別におめえが下手くそだって言ってるわけじゃねえから安心しろ。

むしろおめえはかなり器用で上手な部類だと思うが、兄弟子の常次郎のほうが長い間俺に学んでるんだ。上手くて当然だ。俺のところにいればもっともっと上手くなるから、気落ちせずがんばれ」

物言いはぶっきらぼうだが、北斎が他人を褒めるなんてのはお栄が「明日は雨が降るわ」と笑うくらい珍しいことなので、常次郎も小三郎もこの言葉にはパッと目を輝かせた。

「てなわけで、俺はこれから『画狂老人卍』に改名して、常坊に『為一』の名を譲るわけだが――」

その北斎の言葉を遮るように、常次郎が勢いよく声を上げた。

「あの、先生！　その為一の名前の件なんですが！」

だが北斎は常次郎の言葉を無視し、まるで童が悪さをする時のような、生き生きとした意地悪な笑顔を浮かべながら言った。

「やっぱやらねえ」

「……はあ？」

常次郎と小三郎は、口をあんぐりと開けて互いに目を見合わせた。お栄は北斎がそう言うことをまるで最初から分かっていたかのように、二人のぽかんとした顔を見て「あはは」と手を叩いて大笑いした。

「なんで……？」

あまりの理不尽に思わず常次郎は文句を言いかけたが、それより先に北斎はけろりとした表情で笑って答えた。

「落ち着け常坊。別に、おめえに為一の名前をやらねえってわけじゃねえ。あと何年かしたら絶対にやる。ただ、いまはまだその時じゃねえってだけだ」

「あ……」

その言葉を聞いた途端、常次郎はようやく北斎の意図を悟ったのだった。

そうか、最初からそのつもりだったのかよ先生。

自分は為一の名前を一人前になるまで封印するつもりだったわけだが、なんのことはない、実は先生も同じことを考えていたということだ。

なあんだ、そういうことかぁ……常次郎は安堵でがっくりとなった。

二人が未熟で、まだ為一の名にはふさわしくないということを、北斎は最初からちゃんと分かっていたのだ。それで少々乱暴ではあるが、この弟子たちの真剣勝負に対して、角の立たないこういう形できちんと幕引きをしてくれたのだろう。

結果的に、この一か月の真剣勝負を通じて、常次郎も小三郎も見違えるように腕を上げている。絵の出来栄えを競うことは本意ではないとはいえ、若い時分にはそういう切磋琢磨も時には必要なのだという思いから、北斎は二人にこんな勝負をやらせたに違いなかった。

やり方はちょっと腹は立つが、それでも北斎なりに自分のことを考えてくれていたと分かっただけでも、常次郎にとっては心が湧き立つような喜びだった。

よし、先生が与えてくれた年月の間に、僕は死ぬ気で絵の修業をしよう。そして、為一の名前に恥ずかしくない絵師になって、その時こそ胸を張ってこの名前をもらうんだ、と常次郎は改めて心に誓った。

そこでふと常次郎は、師匠の奥深い真意を、なんとなく本人の口から聞いてみたくなった。小三郎にもぜひ聞かせてやりたいという思いもあった。それで目を輝かせて北斎に尋ねた。

「でも、なんでまた先生、名前くれるって言ってたのに突然『やっぱやらねえ』なんて言いだしたんですか？」

するとと北斎は、常次郎と小三郎とお栄を見回してニヤリと笑うと、しれっと言い放った。

「だってよう。よくよく考えたら六十八なんてまだヒヨッコだろ。やっぱり老人を名乗るのは、古稀を過ぎてからでいいや」

（了）

あとがき

このたびは本作をお手に取って頂き、誠にありがとうございます。

私はメーカー勤務のかたわら、余暇のほとんどをつぎ込んで小説書きをやっているわけですが、そんな私にとって歴史小説を書くという行為は、実は非常に居心地が悪いものであったりします。

会社員の仕事は、事実を正確に説明することが基本です。会社の資料作成においては、ここまでは客観的事実で、ここから先は自分の憶測や意見である、と明確に切り分けて記載することを、新人の頃から徹底的に叩き込まれます。

しかし歴史小説は、史実にさりげなく嘘をまぶして本物らしく見せつつ、できるだけ面白くなるよう脚色するという、会社資料の正反対をいくような代物です。こんないいかげんなものを書き、しれっと多くの方にお届けしてよいのだろうかと、サラリーマン根性が骨の髄まで染みついている私はずっとモヤモヤしていました。

そこで、無粋であることは承知の上で、本作のどこまでが史実でどこからが創作なのか、あとがきの場を借りて簡単にご説明させて頂きます。

北斎の汚部屋ぶりや引っ越し癖、改名癖、杜撰な金遣い、普賢呪、酒も煙草もやらず甘い物好きといった人柄に関する部分は、信じがたいことですがほぼ史実を元にしております。ネットで葛飾北斎を検索頂ければ、数多くの逸話が紹介されておりますので、ご興味を持たれた方はぜひご参照ください。

本作品の舞台は一八二七年（文化十年）で、生没年が明らかな北斎の年齢は史実通りですが、お栄は生没年不詳、常次郎こと後の露木為一は生年不詳で一八九三年没、小三郎こと後の卍楼北鵞（まんじろうほくが）は生年不詳で一八五六年没です。話の関係上、お栄二十六歳、常次郎十四歳、小三郎十三歳と、こちらで勝手に決めさせて頂きました。

シーボルトが北斎に会ったかどうかは定かではありませんが、彼がオランダに持ち帰った北斎の絵は現存しています。「三　画狂老人と阿蘭陀人」の話は、その絵を見て私が勝手に裏事情を想像して書いたものです。また、将軍の前で鶏を使って龍田川の絵を描いたという話も実話として伝わっていますが、細部は私の創作です。

喜多川歌麿は、その人柄を伝える話がほとんど残されていないため、私のほうで好き勝手にキャラクターを造形させてもらいました。写楽が北斎であるというのも、当然ながら私が物語上そのように設定したものですのでご注意ください。

北斎が勝川派を破門になった年に写楽が活動を開始していることと、北斎って何でも器用に描く人で、しかも役者の大首絵は浮世絵の代表的ジャンルなのに、そういえば北斎の大首絵作品ってあまり見たことがないなぁと不思議に感じたことから、このような設定とした次第です。単に勉強不足な私が知らないだけで、詳しい方にお伺いしたら北斎の大首絵作品をたくさん教えて頂けるかもしれませんが、もしそうだとしても、気楽な娯楽作品だと思って大目に見て頂けますと幸甚です。

最後に、私のような野良小説書きを拾い上げ、全力で支援してくださっている文芸社さま、いつも的確なご指摘を下さる担当編集の鈴木さま、胡蝶蘭に万年筆と、私を文豪気分にさせようとあれこれ贈ってくれたY君をはじめとする素晴らしい友人たち、こんな酔狂に家での時間の多くを割くことを許してくれる妻と子供たち、そしてこの本を手に取って頂いたすべての皆さまに、深く感謝を申し上げます。

二〇二二年　一月

白蔵　盈太

本作品は歴史上の人物を題材としたフィクションであり、史実とは異なる部分があります。また人物造形は作者の想像により構築されております。

文芸社文庫

画狂老人卍　葛飾北斎の数奇なる日乗

二〇二二年四月十五日　初版第一刷発行

著　者　白蔵盈太
発行者　瓜谷綱延
発行所　株式会社　文芸社
〒一六〇-〇〇二二
東京都新宿区新宿一-一〇-一
電話　〇三-五三六九-三〇六〇（代表）
〇三-五三六九-二二九九（販売）
印刷所　図書印刷株式会社
装幀者　三村淳

©SHIROKURA Eita 2022 Printed in Japan
乱丁本・落丁本はお手数ですが小社販売部宛にお送りください。

送料小社負担にてお取り替えいたします。

本書の一部、あるいは全部を無断で複写・複製・転載・放映、データ配信することは、法律で認められた場合を除き、著作権の侵害となります。

ISBN978-4-286-23701-5

［文芸社文庫　既刊本］

白蔵盈太
あの日、松の廊下で

浅野内匠頭が吉良上野介を斬りつけた本当の理由とは？　二人の間に割って入った旗本・梶川与惣兵衛の視点から、松の廊下刃傷事件の真相を軽妙な文体で描く。第3回歴史文芸賞最優秀賞受賞作。

白蔵盈太
討ち入りたくない内蔵助

一生裕福で平穏だったはずの大石内蔵助の人生は、主君が起こした刃傷事件によって暗転する。利害と忖度にまみれた世間に嫌気がさしつつも一人踏ん張る内蔵助の「人間味」を描いた新たな忠臣蔵。

阿岐有任
籬（まがき）の菊

中納言の君から妊娠したとの手紙が東宮に届く。世は乱れ、東宮御所には怪物・鵺が現れ、「穢れ」が入り込む。錯綜する事態の中、平安貴族たちの葛藤と愛を描いた第1回歴史文芸賞最優秀賞受賞作。

高井忍
新説　東洲斎写楽　浮世絵師の遊戯（ゲーム）

江戸後期に突如現れ、1年足らずの期間に数々の名作を残し、忽然と姿を消した浮世絵師・東洲斎写楽。その正体を巡り、4つの歴史談義が繰り広げられる。歴史謎解きエンターテインメント。